Fan
ファン文庫

拝み屋つづら怪奇録

著　猫屋ちゃき

マイナビ出版

【目次】

Ogamiya tsudura
kaikiroku

【人物紹介】

Ogamiya tsudura kaikiroku

渡《わた》瀬《せ》紗《さ》雪《ゆき》

気が弱く、自己肯定感が低い女性。
周囲の人間が次々と
不幸な目に遭うようになり、
拝み屋を頼ることに。
津々良に会い、
少しずつ前向きになっていく。

津《つ》々《づ》良《ら》尊《みこと》

拝み屋。
かつては優秀な祓い屋だった。
お寺などでは
対応が難しい案件を
引き受けている。
物腰の柔らかな和服イケメン。

夜《よ》船《ふね》

津々良の家で
飼われている黒猫。
おはぎに似ていることから
夜船と名付けられた。

第一章　溺れる者は拝み屋にすがる

Ogamiya tsudura
kaikiroku

古めかしい家が建ち並ぶ閑静な、というより少し寂れた住宅街で、ひとりの若い女性が小さな紙片を手に途方に暮れていた。

その紙片は手書きの地図で、彼女――渡瀬紗雪《わたせさゆき》がこれから向かう場所について記されている。とはいえ、何か大きな目印があるわけではないため、地図に描かれた通りをひとつひとつ指さし数え、矢印の指示に従い進み、角を曲がっていくしかない。その手探りの行程が、紗雪をより一層不安にさせていた。

一月の曇天の下、マフラーに顔をうずめて寒さに震えながら歩く紗雪の姿は、ひどく頼りない。肩口で切りそろえられたやや色素の薄い猫っ毛の髪や小柄な背丈と相まって、パッと見では高校生くらいの少女が不安そうに歩いているように見える。

短大を卒業してから働き始めて三年目、もう二十二歳なのに、紗雪はコンビニでお酒を買うときは身分証の提示を求められたり、会社の飲み会の帰りに警察に補導されそうになったり、日頃から未成年に間違われることが多々ある。それは彼女が自信なくおどおどしているからなのだろうが、今は子供のように困り果てているため、さらに頼りなさが増してしまっている。

これが繁華な場所を歩いているのなら、まだよかったのだ。目印になるものは多くあるはずだし、変化に富んでいる。それに対して今歩いているような場所は、同じように見える建物が延々と並んでいて、自分が目的地に向かってきちんと進んでいるのか、それとも迷っているのか、全くわからない。

時折目に入る街区表示板を手元の地図に書かれた住所と見比べることで、かろうじて大きく道を間違っていないとわかるのがわずかな救いだ。お寺の人にはとにかく大きな家だから近くに行けばわかると言われたが……ちょっといい加減な気がする。

紗雪は不安と心細さのせいで、この地図をもらったときから抱いていた不信感をさらに強めた。このまま見知らぬ住宅街を歩き回ることでせっかくの二週間ぶりの休日が終わってしまうのかと思うと、つらくて目眩《めまい》までしてきそうだ。

不安から子供のときのことを思い出して、幽霊なんかが見えたらどうしようなどとも考えてしまった。大きくなってからは突然見えなくなったが、子供のときはよく怖いものを見ていたのだ。怖いものを見てしまうことを慰めてくれるのは、祖母だけだった。その祖母が亡くなった今、紗雪に頼れる人はいない。

もともと今日は、寺へ相談に行っていたのだ。ここのところ、紗雪の周りでは不幸事が相次いだから。

昨年の秋の終わりに実家で飼っていた愛犬のナナが亡くなったあたりから、ずっとだ。ナナのことだけなら、単なる悲しい出来事で済ませることはできた。紗雪が小学生の頃から飼っていたため、寿命と言われればそうかもしれないから。

　だが、その直後に会社で親しくしている同僚の女性が駅の階段から落ちて足を骨折した。それから先輩社員が給湯室で熱湯を浴び、手や足に火傷《やけど》を負った。さらに上司は飼い猫に引っかかれた傷が化膿して炎症を起こし、数日間高熱に苦しめられた。そして短大時代から交際していた恋人は車を運転中に後方から追突され、全治三週間の怪我を負った。

　最初はただ、自分の周囲で起こる不幸な出来事を気の毒だとか怖いと思って過ごしていた。だが、恋人が事故に遭ったときはさすがに違和感を覚えたし、それ以上に不気味だと感じた。

　それは周囲も同じだったらしく、親しいと思っていた同僚女性にはそれ以来素っ気なくされているし、恋人には「なんか、気味が悪いんだよ」と言って別れを告げられてしまった。

　それでたまりかねて実家の母に相談すると、寺へ行ってお祓《はら》いしてもらうことを勧められたのだ。茶化《ちゃか》したり馬鹿にしたりする様子はなく、どちらかといえば自分に累《るい》が及ぶ前に処置してくれという言い方だったため、仕方なく紗雪は寺へ行くことに決めた。

だが、そうして渋々ながら訪ねた寺で、事情を話すと別のところへ行くよう勧められてしまったのである。

寺を出て三十分以上歩いているが、まだたどり着く気配はない。街区表示板を見る限り、近づいてきてはいるようだが。だからといって、紗雪の不安はちっとも晴れない。そこにたどり着いたところで、またたらい回しにされるのでは……という別の不安が生まれていた。

紗雪の話を聞いた住職は、「そういうことでしたら、我々より得意な方がおりますので。津々良《つづら》さんという拝み屋さんを訪ねてごらんなさい」と言った。にこやかで物腰の柔らかい人で、優しく話を聞いてくれたから、きっと助けてくれると思ったのに。

話を聞いて他へ行くよう言うのだから、結局最初から助けてくれる気はなかったのかもしれない。そう考えると、この地図に描かれた場所へ行っても、期待できない気がする。

昔から困ったことがあっても、大人はあまり助けてくれない。

子供の頃からの苦い経験を思い出して、紗雪はさらに不安を強めた。

大人は声の大きな子の話にはよく耳を傾けてくれるが、紗雪のようになかなか声を上げられない子供の存在は無視する。できればずっと声を殺していてくれという態度を取る。気の毒がって話を聞いてくれる人がいても、たいていそういった優しい人は強い立場にないことが多いし、その人もまた声が大きくない。

助けてもらえないという経験は紗雪の自信を挫《くじ》き、人に対する不信感を強くさせた。そして、不安の中で静かに諦めていくという悪い癖になった。

「もう、帰ろうかな……」

不安と疲れから、紗雪は足を止めた。見知らぬ場所を歩くのは、想像以上に体力と精神力を削られた。その上、こうして長いこと歩いて目的の場所へ行っても徒労に終わる可能性もあるのだ。それならばもう歩くのをやめて帰ろうかと考えるのも、無理はないことだろう。

それに、古い家ばかりで歩いている人に全く出会わない、静かすぎる町の中を歩いていると、恐怖すら感じてくる。

どこからか、何か恐ろしいものが現れるのではないか――そんなことまで考えて、紗雪の心は折れる寸前だった。

「ニャア」

立ち止まって、もと来た道を引き返そうかと思っていると、不意に猫の鳴き声がした。声がしたほうを見ると、少し離れた竹垣の上に黒猫がいた。黒猫は紗雪をじっと見つめて、意味ありげに「ニャッ」と鳴いた。そして左右に尻尾をブンブン振って、ぴょんと竹垣の向こうに消えてしまった。

「え、ちょっと待って……もしかして、ここ？」

何を訴えているのか探るより前に、黒猫がいなくなってしまったことに紗雪は戸惑ったのだが、それによって視界が変わった。先ほどまで同じような囲いがずっと続いていると思っていたのだが、それがひとつの敷地のものだと気がついた。長い竹垣が続いているということは、それだけその敷地が広いことを意味する。

寺の住職は「大きな屋敷だから、近くに行けばすぐにわかるでしょう」と言っていたが、どうやらこういうことだったらしい。

「やっぱり、ここだ」

家の正面まで来てみると、切妻《きりづま》屋根を持つ立派な門に「津々良」の表札がかかっている。紗雪はようやく、目的地に到着したようだ。

だが、次の問題が発生していた。

その立派な門には、インターホンなどついていなかった。そこから中へと入らなければいけないのに、インターホンがなければ家主に知らせることができない。つまり、無断でこの門を開けなければならないということだ。それは紗雪にとって、とても心理的ハードルが高いことだった。

しかし、ここまで来たのに入らずに引き返すことは、どうしてもできなかった。今日が終われば、また怒濤《どとう》の連勤だ。次は七連勤だったはずだが、それもよくわからない。とにかく、今日を逃せば次にいつ来られるかわからない。

そうなると、紗雪はずっと現状に悩まされ続けるだけだ。次は誰に不幸が起きるのか、次こそ自分の番なのか、もしかしたらすべて自分のせいなのか——そんなことで頭がいっぱいな日々が続いていくのだ。

紗雪が逡巡《しゅんじゅん》していると、先ほどの黒猫が戻ってきて脇戸をカリカリと引っかいていた。もしかすると、ここを開けろと言っているのかもしれない。

「……ごめんください」

誰かの家を訪問したらまずこう言いなさいと祖母から幼い頃に教わったのを思い出して、紗雪は思いきって門の脇戸を開けた。鍵はかかっていなかった。何も恐ろしいことなど起きなかったことを確認して一歩踏み入ると、手入れの行き届いた前庭と玄関まで続いている飛び石が目に入った。黒猫はお先に失礼とばかりにひと鳴きして、紗雪が開けた脇戸から敷地に入っていった。

赤と白の寒椿《かんつばき》が咲いているのを横目に飛び石の上を歩いていき、紗雪は玄関の前に降り立った。そしておそるおそる、インターホンを鳴らす。

「はい」

「あの、お寺からの紹介で来ました……渡瀬と申します」

「はい」

低い男性の声で応答されて少しビクッとなったが、紗雪はなんとか用件を伝えることができた。一度めの「はい」と二度めの「はい」にほとんど変化を感じられなかったが、果たして紗雪の意図は理解されたのか。落ち着かない気持ちで待つこと数分。目の前の引き戸がカラカラと音を立てて開いた。

「お待たせしました。住職から連絡は受けています。どうぞ、中へ」

戸が開いてその向こうに見えた人の姿に、紗雪は言葉を失った。

それは、あまりに現実離れした美貌だった。

眼鏡をかけた日本人にしては彫りの深い目元、スッと筋の通った高い鼻、形のよい厚みのあまりない唇が、面長な輪郭に収まっている。髪は黒くまっすぐで長く、それを後ろで縛っているのだが、だからといって決して女性的ではない。背は百八十センチはゆうにありそうで、そのすらりとした体を着物に包んでいる。袴を身につけない気軽な着方をしてはいるが、紺地のアンサンブルは、着物に詳しくない紗雪が見ても上等なのがわかる。そしてそれをあくまで普段着として着こなすくらい、その男性には堂々とした風格があった。

美丈夫というのはきっとこんな人のことをいうのだろうと、紗雪はぼーっと見惚《みと》れながら考えた。

「渡瀬さん？」

動けずにいた紗雪のことを、美貌の男が怪訝《けげん》そうに見ていた。

「す、すみません。お邪魔します」

不審な動きをしてしまったことを恥じて、紗雪は慌てて靴を脱いで揃えた。

「こちらへどうぞ」

「はい」

敷地を囲む竹垣を見て察していたが、ここはどうやらちょっとしたお屋敷のようだ。玄関だけで、四畳くらいある。

その大きな玄関を上がり少し廊下を進んだところにある一室の前で、男性は立ち止まった。その間一言も発さないため、紗雪は男性に対してとっつきにくさを感じていた。ここまで案内してくれた黒猫も、いつの間にかいなくなってしまっている。

障子《しょうじ》を開けると、テーブルも何もない八畳の和室に座布団がぽつんと置いてある。来客用ということだろうか。

「ここでお待ちください」

ひとり残された紗雪は、少しためらってから座布団に座った。その座布団はとてもふかふかで座り心地がよく、手触りからも高級品であることがわかる。やはりこれには座ってはいけなかったのではないだろうかと不安になり始めた頃、男がお茶ののった盆を手に戻ってきた。

「それでは、まず話を聞かせてください」

男は紗雪の前の畳の上に茶托にのせたお茶を置くと、向かいに座った。

玄関で出迎え、この部屋に案内し、そして話を聞かせてくれと言った。それらのことから、紗雪は目の前の男が拝み屋の津々良なのだと理解した。そうするとこの人並み外れた美貌に納得するような、意外に思うような、よくわからない気持ちになった。

「あの、えっと……昨年の秋頃からずっと、私の周りで不幸な出来事が続いていて、それで、不安になって……お祓いをしたほうがいいんじゃないかって言われたんです」

津々良の美しい顔を前にすると緊張してしまって、紗雪は言葉を紡ぐのに非常に労力を必要とした。素敵な異性を前にドキドキしてしまうなどという、そんな感覚ではない。冷たさすら感じさせるその表情に乏しい顔に、すべてを見透かされるような気がするのだ。

それでもなんとか、紗雪は自らの事情を話した。話さないという選択肢はなかった。沈黙には耐えられないし、時折挟まれる津々良の静かな相槌《あいづち》が絶妙で、不思議と次々に言葉が口から出ていたのだ。

紗雪はいつも話がへただとか冗長だとか言われるのだが、津々良を前に話した今は、自分でそんなことは感じなかった。

津々良は人を寛《くつろ》がせる雰囲気があるわけでは決してないのに、紗雪は緊張しながらもわかりやすく話すことができた。どうやら津々良は、聞き上手というものらしい。

「事情は、理解できました」

紗雪の話を聞いて少しして、津々良が言った。同情や共感などではなく、「理解した」というきっぱりとした物言いに、紗雪はなんとなくほっとした。

今回のことも含めて、これまでつらい目に遭ったときのことを人に話すと、「大変だったね」とか「そういうこともあるよね」などと同情や共感の言葉を返されてきた。それがたいした話でないのならいい。人とのコミュニケーションには、同情や共感は欠かせないものだから。

だが、今みたいに本当に困っているときはへたな同情や共感より、理解がほしかったのだと気がついた。この安心感を与えてくれる津々良なら、自分の悩みを解決してくれるかもしれないとすら思った。

　だが次の彼の言葉が、その淡い期待を簡単に打ち砕いてしまう。

「うちではどうにもなりません。渡瀬さんの問題は非常にデリケートだ。今日、処置してお帰りいただくことは可能だが、また日を置かず同じことが繰り返されるでしょう」

「そんな……」

　救われると思ったのにまた突き放されたのかと、紗雪は膝から崩れ落ちそうになった。座っていたからよかったものの、立っていたのなら力が抜けて、へたり込んでいただろう。

　津々良の表情は変わらず無に近い。声も、意地悪を言ってやろうという響きはない。それだけに、事実を突きつけられているとわかるため、紗雪は大きな衝撃を受けた。

「どうして、ですか？」

　納得がいかず、ついそんな言葉が口をついて出ていた。反発したと受け取られるかもと怖かったが、尋ねずにはいられなかった。

　津々良も、別段気分を害したふうはない。淡々とした様子で、眼鏡越しに紗雪を正面から見つめている。

「逆に聞くが、どうしてあなたはここにいるんですか？」

「え？　それは、お寺の方にここへ来るよう勧められたからで……」

「では、寺へ行ったのはなぜですか？」

「身の周りで不幸が続いて、怖くなってしまって……」

「寺へ行くことを決めたのは自分の意思ですか？」

「いえ、母に言われたからですけど……」

何の感情もこもらない表情と口調で、津々良は紗雪に質問を重ねた。どういった意図で聞かれているのかわからないが、それはただの質問だ。それなのに、紗雪は答えるうちにじっとり汗をかき、胸が苦しくなっていった。

「拝み屋というものにどういったイメージを持たれているのかわかりませんが、うちの仕事は〝拝む〟ことです。合格祈願だったり安産祈願だったり、そういう依頼があれば心を込め念を入れて札を書く。新しい家を建てたという人がいれば、そこに住む人たちが幸せに暮らしていくために、悪いものを退け、よいものを呼び込むために拝む。それが仕事です。そういったことを生業《なりわい》にしているから、たまにあなたのように困り事を抱えた人も来るが、基本的に困ってから来る場所じゃないんだ、うちみたいなところは。この手のことは病気でいうなら、治療薬はなく対症療法薬を処方するしかやりようがないから、薬が必要になる前の、予防と健康管理の段階で来てもらわなければ意味がない場所と言えばいいのか」

　津々良は突然、拝み屋の仕事について話しだした。実際のところ、紗雪は寺の住職に勧められて何もわからずここに来た。拝み屋を紹介されたということも知らなかった。だから、拝み屋の仕事がどういうものかわかったのはためになったが、結局は自分を助けてくれない理由を説明されているのだなという気分にもなった。

「どうして今こんな話をされているのか、わからないという顔をしているな。だからだよ。だから私は、今あなたにこの話をしている」

　どうしていいのかわからなくて心を閉ざしかけたのを感じたのか、津々良がやや語気を強めた。怒られたような気がして、紗雪は体を強張《こわば》らせる。

「また同じことが繰り返されると言った意味も、わかっていないだろう？　それは、あなたが根本的に救われる気がないからだ」

　ぴしゃりと言われて、紗雪の心は傷ついた。だがだからといって、津々良は語るのをやめようとはしない。

「溺れている人間が『助けて』と言っていたら助けてやりたいと思うのが人情だが、口だけで助かる気のない人間に手を差し伸べても、一緒に溺れることになるだけだ。よしんば助けられたとしても、そういう人はまた水場に近づいて勝手に溺れる。それに拝み屋は、溺れた人間を助けるのではなく、溺れずに済むように水難を避けるために拝むのが仕事だ。……うちは少し特殊な拝み屋だから溺れた人を助けることもするが。水場を避けて気をつけて生きてても、ある日突然家の中に水場が出現して溺れてしまう人もいるからな。だが、真に溺れている自覚もなく、水場から離れて安全に暮らそうという意識のない者を救うことは難しい」

津々良は言葉を尽くして、救えないのは紗雪が悪いと伝えたいらしい。自分が助けられないのではなく、あくまで紗雪の側に問題があるのだと。

救う気がないのなら最初から門前払いしてくれたらよかったのに――そんなことを考えかけたが、それならばなぜ今すぐ追い返さず言葉を連ねているのだろうかと、そのことが気になった。

「あの……私の何から、〝救われる気がない〟と判断したんですか……?」

真正面から津々良の視線を受け止めるのが少し怖くて、俯き気味に紗雪は尋ねた。このまま問題が解決せずに帰ることになっても、それだけは聞いておくべきと思ったから。

「それは、あなたがここに来て一度も『助かりたい』とか『救われたい』と言わなかったからですよ。あなたがここに来たのはきっと、周囲の人から責められるのに耐えられなかったからでしょう？」

「そんなこと……」

「周りの人にこれ以上悪いことが起こりませんようにとか、怪我をした人が早くよくなりますようにとか、そんな人間らしい感情はあなたからは一切感じなかった。むしろ不幸事が続いたところで、責められることなく無関係でいられたのなら、それでよかったんじゃないですか？　そう感じたから、『うちではどうにもなりません』と言いました」

「そんな……」

津々良の言葉に反論したかったが、それはできなかった。少しの隙《すき》もなく、彼の言ったことが正しかったからだ。

紗雪はきっと、母に言われなければ寺に行くことなど考えなかったはずだ。もっと言えば、恋人が事故に遭って別れを告げてこなければ、親しいと思っていた同僚女性に冷たくされなければ、周囲の人間たちに「お前のせいだ」と言わんばかりの視線を向けられなければ……。

そのことに気がつくと、紗雪はゾッとした。一度も周囲の人間のことを心配していなかったことに思い至ってしまったのだ。

人間らしい感情を感じられないと言われても、仕方がないことだった。

「まあ、逆に言えばあなたの問題は、あなた次第で解決される問題とも言えるんです。

あなたが自分の生き方と心の在り方——人間性について見直しさえすれば」

淡々とした様子から一転、津々良の口調に寄り添うような、思いやりが少しだけ感じられた。だからこそ、紗雪は縋《すが》りたくなった。この手を摑《つか》まなければ、一生救われることはないのではと感じたのだ。

そんなふうに思ったときに頭をよぎったのは、愛犬のナナのことだ。寿命だと思って諦めようとしていたが、あの子が死んでしまったのが自分の人間性とやらのせいなら？そんなの、あまりにあの子がかわいそうだ。ナナはいい子で、紗雪のことをただ愛してくれたのに。

それに、両親のことも心配だ。苦手だが、大切に育ててもらったという自覚はある。だから両親に不幸な出来事が起こるのは心配だったし、嫌だった。

「……救われたいです。どうすればいいですか？　人間性というものは、どうしたら見直せるものですか？」

尋ねてばかりではいけないと思いつつも、聞かずにはいられなかった。聞かなくてもわかるなら、今ここにいるようなことはなかったのだから。

紗雪が問うと、津々良はじっと彼女を見た。睨むわけではないが、眼光が鋭い。まるでこの問いに答える価値があるのか、見定めているかのようだ。

「よく寝てよく食べてよく休むという、生きるのに必要なことから始めるべきでしょうね。『衣食足りて礼節を知る』という言葉にあるように、人として望ましい姿になるにはまず心の余裕が必要ですから。察するに、それができていないから、今のような状態になっているのでしょうが」

鋭い視線を送っておきながら、津々良はあっさり答えた。だが、その返答に紗雪は戸惑った。

「心の、余裕……」

聞いておきながら、「できない」と紗雪は思った。寝ることも食べることも休むことも、今の職場に勤めていては二の次三の次だ。

転職しようにもそんな暇はないし、職が変わったら会社が借り上げて格安で貸してくれている今の住居を引っ越さなければならない。賃貸物件を借りるときにかかる初期費用は一般的に、その物件の家賃の半年分くらいだと言われている。激務なのに薄給で貯金なんてほとんどできておらず、転居費用を出してしまうとほぼ何も残らない。

つまり、無理だ。今の生活を変えなければ人間性を見直すことなんてとてもできないし、今の生活を変えることもそう簡単にできるはずがない。

「難しいことのようですね。今は厳しい環境で働く人も多くいるというから、想像はできます。いわゆるブラック企業というものに勤めていては、そこから抜け出すことがまず至難でしょうから。だが、そういう場所だから抜け出さなければならないと私は思うんですがね」

紗雪の心を見透かすように、津々良は言った。この浮世離れした存在にブラック企業やそこで働く大変さがわかるのだろうかと純粋に思ってしまったし、何より簡単に〝抜け出す〟つまり〝辞める〟ことについて口にされると途端に嫌な気持ちになった。

「簡単には辞められない、自分が働く場所はそこまでまずいところではない、自分よりよほど劣悪な環境で働いている人もいる――渡瀬さんが考えているのは、大方そんなところでしょうか？　だが、そんなのはあなたが辞めない理由にはならない。救われたいのなら、なおさら辞めたほうがいい。救われる救われない以前に、人間でいたいのなら即刻辞めるべきだ」

自分は表情がわかりにくいと自負していただけに、次々と胸の内を言い当てられて紗雪は怖くなった。そんなに顔に出ていただろうかと焦るが、おそらくそういうことではない。

津々良がじっと紗雪を見るのは、もしかしてまとう負のオーラでも見ているのかもしれないと、そんな気がしてきた。

「に、人間でいたいならって、社畜を辞めろとか、そういうことですか……？」

「そういうことではない。確かに、人間を畜生に喩《たと》えている場合ではないと、あの手の問題について思うが……そういう話ではない」

言ったあとさすがに子供の反抗みたいだったと恥ずかしくなったが、案の定津々良は呆れた顔をした。整った顔に呆れた表情が浮かぶのは、なかなかに堪《こた》えるものだ。もうやめておこうと紗雪は思った。

「私が今いる職場を辞めなさいと言ったのは、そこでは誰も渡瀬さんを人間扱いしないからだ。あなたが人間らしい感情を周囲に向けることができなくなっていたのは、誰もあなたを尊重し、思いやることがなかったからだ。違いますか？」

子供じみたことをしたからだろうか。津々良は噛んで含めるように言った。

そんなふうに尋ねられると、紗雪はこれまで会社で味わってきた理不尽な思いの数々を思い出して苦しくなった。

津々良の言うように紗雪の勤め先はブラックといって間違いないから、パワハラもセクハラも当たり前にあった。怒鳴られること、学歴を否定されること、ミスを押し付けられること、執拗な叱責を受けること――そんなことばかりで人間性を否定され、魂を削られるような日々だった。

それでも、仕方がないと思って飲み込んできたのだ。なぜなら〝こんな会社〟と思おうにも、そこしか内定がもらえなかったのが紗雪の実力で、実力がないのならそれに甘んじるのが当然だと思っていたから。

昔から、闘うより諦めるほうが簡単なことを知ってしまっているのだ。それこそ、魂に刻まれるほど。

これまで我慢できていたはずなのに、他人の口から改めて自分がひどい目に遭っているのだと告げられると、どうしようもなく苦しくなった。

これまで同僚も恋人も、「ここ以外にどこで働くっていうの？ 何にもできないくせに」と、叱りこそすれ慰めてはくれなかったから、ただ事実を突きつけた津々良の言葉にさえ紗雪は慰めを見いだしてしまった。

「人は、扱われたように振る舞うようになります。大切にされれば自分を上等なものだと思うことができるし、軽んじられ虐《しいた》げられれば卑屈《ひくつ》にも粗野《そや》にもなる。すべてを周りのせいにすることはできないが、少なくともあなたの心をそんなに荒《すさ》ませた場所にこれ以上いてやる義理はないはずだ」

紗雪の言葉を待つように、津々良はじっと見つめてくる。その視線を正面から受け止めて、紗雪の目からポロリと涙がこぼれた。

「す、すみません……」

自分でもなぜ泣いているのかわからなかった。というよりも、理由はいろいろありすぎる。

会社での理不尽な体験を思い出して苦しくなったのと、この会社がやはりひどい場所だと客観視できてしまったこと、それでも辞められないということに、どうしようもなく泣けてきてしまったのだ。

津々良の言ったことは圧倒的に正しくて、きちんと納得できる。それにもかかわらず、やはり辞めるという決意はできなかった。

「すみません……津々良さんのおっしゃることは、正しいです。私も、こんなところ辞めるべきだって、辞めたいって思うんです。……でも、辞められない……」

心がこんなにボロボロだとわかっているのに、悪いことが起きている元凶だとわかったのに、それでも辞められないという自分を、津々良はきっと呆れて見ているだろうと紗雪は思った。

だが、津々良は少し眉根を寄せて紗雪を見ていた。呆れよりも、心配の表情に見える。

「先立つものがなくて辞められないというのなら、身辺が落ち着くまでうちに置いてやってもいい。うちに来れば、とりあえず衣食住のうちふたつはどうにかなるだろう？」

「え？　先立つもの？　うちにって……」

「金がないならここにしばらく住んだらいいと言っている。そうすれば会社を辞め、人間性を見直し、今後どう生きるか考える猶予《ゆうよ》ができるからな」

聞こえてきたのがあまりに突拍子もない内容で、幻聴かと紗雪は思った。だが、どうやらそれは幻聴でも聞き間違いでもないらしい。津々良は、しばらくこの家に紗雪を置いてくれると言ったのだ。

「そんな……でも……見ず知らずの方に親切にしてもらうなんて……」

紗雪は遠慮しつつ、実際のところは目の前の津々良を訝《いぶか》っていた。この人にとって、紗雪を住まわせることに何のメリットがあるというのだろう。メリットがないのにこんなことを言いだすなんておかしいと感じていた。

「ここに来たのも何かの縁だ。放り出せば碌《ろく》な目に遭わないとわかっている若者に、手を差し伸べただけに過ぎない。世の中すべてを救うことはできないが、せめて自分の手の届くところで困っている人間には親切にしておくのが信条なんだ」

「それは、素晴らしいことですけど……」

怪訝そうにする紗雪を、津々良は呆れたように見た。

「私の親切心を無下《むげ》にするのか？　そもそも、今の自分が誰かの親切を断れる状態にあるとでも？　溺れているなら溺れているらしく、藁《わら》を摑んでおけ」

「……はい」

美しい顔に凄まれて、紗雪はそう返事をするしかなかった。

本当なら、誰かの親切に縋るのは心苦しいし、なんだか怖かった。こんな自分が親切にされていいのだろうかという申し訳なさもある。だが、自分が藁にでも何にでも縋れるものがあるなら縋らなければいけないというのも、津々良に言われて理解していた。ここで遠慮して津々良の申し出を断ったところで、それよりいい案を自力で思いつくことはないのはわかりきっている。

それに、津々良は有無を言わせない雰囲気を醸し出して、紗雪に「はい」と言わせてしまった。それでも言ってしまうと、不思議なくらい心が軽くなるのがわかった。

「……ありがとうございます」

紗雪は泣きながら、畳に手をついて頭を下げた。こういうときの作法を知らない。どういう姿勢が正しいのかわからない。

そんな中で、これが紗雪にできる精一杯だった。

頭を上げると、津々良が紗雪の眉間を指先ですっとなぞるような動きをした。彼は

「ふむ」と言ったきりで、なぜそのようなことをしたかの説明はない。だが、そうされたことで紗雪の視界は心なしか晴れたような気がした。ほんの少しだけ世界の解像度が上がったような、そんな不思議な感覚だ。

それから程なくして、紗雪は会社を辞めた。「悪縁くらいは自分で切ってきなさい。よくない繋がりが続くようなら、そのときは拝んでやる」と津々良が言ってくれたから、妙な勇気が湧いて退職願を提出するのも怖くなかった。

日頃から紗雪を理不尽に怒鳴りつける上司はそれを、紗雪のささやかな反抗だと捉えたらしい。「お前なんかいなくても困らねぇんだよ。明日からもう来なくていい。何なら今すぐ帰れ」と怒声を浴びせてきたから、本当にそのとおりにしてやった。

デスクの荷物をまとめているとき、冷ややかな視線を向けられたりクスクス笑われたりしたのを感じて、紗雪は本当にここにはこれ以上身を置いていてはいけないのだと痛感した。

ここにいる人たちは紗雪が辞めるわけがないとかこの会社以外に勤め先などないと思っているくせに、いなくなっても何とも思わないだろう。もしかすると追い詰められて死んだとしても、少しも心を痛めることはないかもしれない。

そう考えると自分が罪悪感を覚える必要はないとわかり、軽やかな気持ちで会社を去ることができた。

会社から自宅に戻ると、その軽やかな気持ちのまま自宅の片付けをした。もともと家具はほとんどなかったし、就職するときに間に合わせで買った安物で、愛着もあまりなかった。

だから、思いきってパイプベッドやカラーボックスなどは粗大ゴミとして処分し、持っていた服も選別した。津々良家にやってきた紗雪はトランクひとつの身軽さだった。

「荷物はそれだけか。……ブラック企業に勤める若者というのは、本当に貧しいのだな」

到着した紗雪を出迎えた津々良は、ここまでずっとガラゴロと引いてきたたったひとつの荷物をひょいと持ってくれた。

「す、すみません……えっと」

貧しいから荷物が少ないのではなく断捨離《だんしゃり》したのだと言おうとしたが、たしかに物質的にも精神的にも豊かではないと思い直して口をつぐんだ。

トランクを軽々運んでいく津々良は、一室の前で止まった。障子が開け放たれており、中の様子がよく見える。畳敷きの六畳ほどの部屋で、この前通された部屋よりも小さい。ほどよい広さのその部屋には、小ぶりな箪笥《たんす》と背の低い机があった。箪笥は白っぽい桐製で、机の上には薄ピンクのころんとした一輪挿しがある。

「布団は、一組ここにある。他にも、足りないものがあれば言うといい。蔵にあるものなら出してこよう」

津々良が押入れを開けて見せてくれた布団も、白地にうっすらピンクの桜が散らされた模様だ。

これらの女の子っぽいアイテムを津々良がわざわざ整えてくれたのだろうか、それとも他に人がいるのだろうかと考えて、紗雪は大事なことを思い出した。

「あの、これ、つまらないものですが……ご家族で召し上がってください」

紗雪は和菓子屋で購入してきた菓子折りを、紙袋ごと差し出した。津々良はそれを受け取ったものの、やや不思議そうにしていた。そういえば、こういうときは紙袋から取り出して渡すのが礼儀だっただろうかと焦ったが、どうやらそういうことではなかったらしい。

「この家には、人間は私しかいないんだが。いや、人間以外がいるというわけではなく、一人暮らしという意味だ。それと夜船《よふね》がいるし、佐田《さた》さんが数日おきに通ってきてくれている」

「よ、よふね？　佐田さん？」

「夜船は飼っている黒猫で、佐田さんは週に何度か通ってきてくれる家政婦さんだ」

人間以外がこの家にいるのかと思って紗雪は怯《おび》えたが、それに気づいた津々良がすぐに説明してくれた。その説明にほっとしたのも束《つか》の間、とんでもないことに気がついてしまった。

「え、え、えっ……ということは、この家には津々良さんだけ？　ソコニワタシスム？」

あまりのことに片言になってしまったが、声に出したことでその事実をより一層理解してしまった。よくよく考えたら、津々良は誰にも相談することなく、紗雪にこの家に住めば良いと言った。家族が一緒に住んでいたら、そういうわけにはいかないだろう。

これから紗雪は津々良と、ひとつ屋根の下で暮らしていくのだ。この、作りものめいたひどく美しい容姿の男と。

年はおそらく三十代手前。収入はわからないが、話し方は知的で、比較的温厚。何よりこの美貌だ。会社で女性たちが言っていた、〝優良物件〟とやらに当たる高スペックの男性と一時的にでも一緒に暮らすのだと改めて理解して、紗雪は俄然緊張してきた。

間違いが起こるとか、そんなことを恐れているのではない。そうではなく、生き物としてあまりに違いすぎる存在と同じ空気を吸って生きることに、恐れをなしたのだ。

「すみません。就活して、なるべく早く出ていくようにするので……少しの間、お世話になります」

何てことなのだろうと自分の置かれた状況に恐縮して、紗雪はペコペコ頭を下げた。そんな紗雪を、津々良は不思議な生き物でも見るかのようにしていた。

「就活も必要だが、これから生きていくために人間らしさを取り戻すのが先だろう。まずはゆっくり休むといい」

そう言い残すと、津々良は去っていってしまった。

「ゆっくりって、何したらいいんだろうね」

荷解きと簡単な掃除を終えて、することがなくなった紗雪は写真のナナに話しかけた。

ナナが亡くなる前から、一人暮らしの部屋に飾っていた写真だ。話し相手がいない生活だからか、つい写真に話しかけてしまうのだ。笑みを浮かべたように見えるナナの写真は、いつでも紗雪の心を癒やしてくれる。

だが、暇なのはどうにもならなかった。

仕事を辞めてから気がついたのだが、一日というのは結構長い。それでもここしばらく引っ越し作業や事務的な手続きに追われてそこそこ忙しくしていたため、本当に手持ち無沙汰になったのは何年ぶりかという話になる。津々良は紗雪にこの家にいたらいいと言っただけで、家のことをしろということは特に言わなかった。いっそのこと何かしろと言ってくれたほうがいいのだが、何も言われていないからへたなこともできず暇だ。

　こうして暇な時間ができると、自分が趣味のない人間なのだと思い知らされた。趣味どころか、好きなものも大切なものもないのかもしれない。

　そう考えると、この先生きていけるのか、人間性というものを見直すことができるのか、不安になってくる。

　何をするでもなく呆然《ぼうぜん》としていると、部屋の障子がカタカタと音を立てた。

「え？　何？」

　何が起きたのかと見ていると、やがて黒い毛の生えた細い棒のようなものが障子と障子の間を割り、真っ黒な毛玉がぬるりと侵入してきた。黒猫の夜船だ。

　夜船は毛並みをツヤツヤさせながら優雅に部屋を横切り、今度は外の廊下に面した障子をカリカリ引っかいた。開けろということらしい。

「外に出たいの？　どうぞ……わあ」

　夜船に促されて障子を開けると、広縁《ひろえん》の向こうに庭が見えた。それは、夕陽に照らされた美しい庭だ。オレンジ色の光を受けて、世界が優しく輝いている。

　思えばもう何年も、夕焼けを見ていなかった気がする。紗雪の世界には長いこと、白んだ早朝の景色か、すっかり日が落ちた夜の暗い景色しかなかった。会社にいるときも、休みの日も、窓の外を見る心の余裕なんてなかったから、世界に夕暮れがあることを忘れてしまっていた。

「……きれい」

だが今、紗雪は夕暮れがあることを思い出していた。

オレンジ色の空を見てきれいだと思う心を、取り戻したのだ。

朝の澄んだ空気の中で白い息を吐きながら、紗雪は竹箒《たけぼうき》を動かしていた。閑静な住宅街なだけあって、音がほとんどしない。今あたりに響いているのは紗雪が動かす箒の音と、スズメたちが元気に鳴き交わす声くらいだ。キンと冷えた冬の空気を肺いっぱいに吸い込んで、生きている——と紗雪は思った。

津々良家に居候《いそうろう》することになって数日、この朝の掃除が紗雪の日課になりつつある。

もともと早起きは苦手ではない、というよりここ数年のブラックな会社員生活で身についてしまったもので、転居した初日の翌朝も朝五時前に目が覚めてしまったのだ。とはいえ、起きても早朝の電車に揺られる必要もなく、どうしたものかと家の中を歩き回っていたところを家主の津々良に見咎《みとが》められ、ギョッとされた。「用もないのに朝早くに起きるんじゃない。過度な早起きは健康を害すぞ」と叱られてしまったものの、目は冴えていたので二度寝するわけにもいかなかった。

だから仕方なく部屋に戻って、健康のためにとラジオ体操をやってみた。それでも時間がたっぷりあって困った紗雪は、庭にあった竹箒に目をつけて、それで掃除することにしたのだ。

津々良にも、「掃除は祓い清めの基本。身の周りをきれいにしておくのは、身を守ることと同義だ」と言われたから、どうやら正解の行動だったらしい。そのため紗雪は、朝の掃除をルーチンワークにすることに決めた。

「おはよう、渡瀬さん。朝の掃除、ごくろうさま」

「あ、お、おはようございます」

気がつくと、新聞を手にした津々良がそばに立っていた。髪はゆるく結って着流し姿だが、だらしがないという印象はない。それどころか、こんな早朝に見ても少しの隙もない美貌だ。眼鏡に長髪に和服、おまけに整った顔という、すごい組み合わせだと思う。今日は深緑の着物で、これまた上等そうなものをさらりと着こなしている。紗雪だったらきっと、着物に着られてしまうだろう。

同じ人類というくくりでも、こうも差があるものかと、紗雪は落ち込むのを通り越して真理を悟ったような気分になった。天に神はいるし、その天は与えるときは二物も三物も与えるものだと。そして、自分のように何も与えられない人間もいて、それでもなんとか生きていかねばならないのだ。

「どうした？　元気がないな。腹が減っているのか。朝食は七時だからな」

「はい」

真理を悟ってしょんぼりしているのを空腹だと勘違いされたようだ。眼鏡の奥の目が、苦笑を浮かべている。それは複雑な気分だったが、朝食のことを考えると気分が上向きになるのも事実だった。

津々良家に来てできた新たな習慣に、朝食をきちんと摂るようになったことがある。居候を始めて最初の朝、どうしていいかわからなかった紗雪はスマホで最寄りのコンビニを調べて、菓子パンをいくつか買い込んだ。そして、それを部屋でコソコソ食べていたら津々良に見つかり、なぜかものすごく叱られたのだ。

「菓子パンはおやつ、食事じゃあない」というのが津々良の主張のようで、自分の体、つまり魂が宿る器を形成する食事を蔑《ないがし》ろにする行為は愚か者のすることらしい。

というわけで紗雪は、朝食を含めた一日三食をきちんと、津々良と一緒に摂ることになった。

「お待たせしてすみません」

手洗いと着替えを済ませて居間に行くと、ちゃぶ台にはすでに朝食の用意が整っていた。

白米、塩鮭、お味噌汁――一汁一菜のシンプルな食事だが、紗雪にとっては実家に住んでいた頃以来の、人間らしい朝食だ。これまでは、ゼリー飲料や菓子パンを胃に詰め込んでいた。味わったり楽しんだりということは当然なく、大事だと思うこともなかった。

「いただきます」

津々良に倣《なら》って手を合わせ、紗雪はまず味噌汁を飲む。今日の具は麩《ふ》とワカメだ。ひと口飲むと素朴な出汁と味噌の香りが広がり、じんわりとお腹があたたかくなった気がする。

次に塩鮭を、その次に白米を口に運ぶ。塩鮭は皮がパリッと焼けていて、身は柔らかく箸でほぐれる。しょっぱさと共に甘さもあるそれと一緒に白米を噛みしめると、旨みをより強く感じることができた。

一人暮らしをしている間、炊きたての米を食べることはなかった。米自体、コンビニ弁当かおにぎりくらいでしか口にしない。いくらあたためてもらっても、それらの味が炊きたての米に敵うことはなかった。だから今、米のおいしさというものを改めて感じて、感動していた。

「うまそうに食べるな」

微笑むというほどではなかったが、柔らかな表情で津々良が紗雪を見ていた。きれいな顔にじっと見られていたのだと思うと恥ずかしくていたたまれなくて、紗雪は赤くなったり青くなったりした。

「す、すみません。おいしくて、つい……」

「謝ることではない。というより、すぐ謝るその癖を直しなさい。食べ物をおいしいと感じるのはいいことだ」

「そうですね。すみま……んー」

津々良は堂々としてどっしり構えているだけで、声を荒らげることはしないし、怒鳴ることなどまずない。それなのについ謝ってしまうのは、紗雪の側に問題があるからだ。直さなくてはと思うのだが、なかなかできなかった。

「そういえば、今日は来客があるんだ。お茶の用意を頼めるだろうか」

食後の番茶を飲んでいると、津々良が遠慮がちに切り出してきた。

紗雪に何か頼むのがためらわれるのか、お茶のことを頼むのがためらわれるのか。どちらにせよ紗雪は居候なのだからそのくらいのことを頼まれるのはなんてことはないし、お茶を淹れるのは会社で慣れていたから苦にはならない。

「わかりました。そのお客さんって、拝み屋さんを訪ねて来られる方ですか？」

「そうだ。といっても厄除けなどの札を求めに来るのではなく、案件としては渡瀬さんのようなことに近いのだろうな」

「ということは、お寺さん経由ということですか……？」

津々良が重々しく頷くのを見て、紗雪はこれからやってくる人がそれなりに面倒な事情を抱えていることは想像できた。

だが、実際にやってきたのは、紗雪の想像よりはるかに恐ろしいものだった。

「そ、粗茶です……」

紗雪は応接間に通された女性の前にお茶を置いた。極力その人を見ないようにしていたが、それでも震えと冷や汗を抑えることができない。

というのも、その女性があまりに怖かったからだ。

松野《まつの》と名乗ったその人は、茶色に染めた巻き髪がきれいな、オシャレな女性だ。爪の先までピカピカのキラキラで、同じ女性なのに手間のかけられ方がかなり違うと、紗雪は感じていた。

だが、そんなことは何の問題でもない。問題なのは、その女性の顔に別のものが重なって見えることだ。それがあまりに恐ろしくて信じられなくて、紗雪は何度か目をこすってみた。だが、その不審なものが見えなくなることはなく、現実らしいとわかると余計に怖くなった。

「この者のことは、お気になさらず」

カタカタ震える紗雪のことを松野が怪訝そうに見ているのに気づいた津々良が、フォローのつもりかそう言った。お茶を運ぶだけではなく、仕事の様子も見ていると言われてここにいるのだが、紗雪としては今すぐここから立ち去りたい。津々良の後ろに控え、彼の背中越しに対峙するのでも十分、紗雪は松野が恐ろしかった。彼女がというより、彼女に重なって見える顔が。

「ああ、霊能者の人って、助手とかいるイメージですもんね。そんな感じですか」

「まあ……はい」

松野は薄く笑って小首を傾げた。今度は逆に、津々良が困惑する番だった。おそらく、〝霊能者〟という言葉に引っかかりを覚えたのだろう。興味のない一般人が津々良のような職業の人をどう呼ぶのかというのは難しい問題なのだろうが、この呼び名がふさわしくないことはわかった。

「渡瀬さん、彼女の姿はどう見える？」

津々良が小声で問いかけてきた。まさかそんなことを聞かれるとは思っていなかったし、今一番答えたくない質問だった。それでも、答えないわけにはいかないだろう。

「……二重に見えます。何か、角が生えた怖い顔が、うっすら重なって見えるというか……」

自分の目に見えるこの信じられないものをどう説明しようかと、まずそのことが難しかった。

松野の顔には、薄い膜を一枚重ねたような、SF映画なんかで見るホログラム映像のような、奇妙なものが重なっていた。その重なった顔は、能面の般若に似ている。つまりは鬼だ。小綺麗な女性の顔に鬼が重なって見えるのだ。

鬼の顔が見えることも怖かったし、そんなこの世のものとは思えないものが見えることが何より恐ろしかった。目か頭のどちらかがおかしくなったと考えるのが普通なのだろうが、津々良の反応を見る限りどうやらそうではないらしい。

「そうか。……いい目をしているな」

津々良は納得したように頷《うなず》いて、それから松野を見据えた。〝何か〟が見えることが前提で尋ねられたと感じていたが、さっきの答えで正解だったようだ。

「さて、松野さん。あなたがここへ来た理由を聞かせてもらえますか」

松野に向き直った津々良は、そう静かに言った。紗雪に話しかけるのとは違う、やや硬い口調だ。紗雪がここを訪れた当初はこんな話し方だったから、これが津々良の仕事をする姿なのだろう。

「私、おかしくなってしまったみたいで……それでどうにかならないかと思って、お寺に行きました。最初は神社に行こうとしてたんですけど、都合が合わなくなったり体調を崩したり、いわゆる縁がないなって感じだったので、じゃあお寺でいっかって」

「おかしくなったとは、どのように？」

「変なことを言ってるのはわかるんですけど、鏡を見ると、たまに角が見えるんです。その……鬼みたいな、怒った顔が」

松野は最初、媚《こ》びるような茶化すような、どこか本気ではない様子があった。それが話すうちに、目が不安そうに揺れるようになった。言葉にして話すことで、恐ろしさが増したに違いない。

「そんなふうに鏡に角が映るようになったから、思い込んじゃったんですかね。鬼が夢にまで出てくるようになって……怖くなったんです。一睡もできないってほどじゃないんですけど、眠りが浅くて、地味に消耗するっていうか……そのせいか、起きているときも気がつくとぼーっとしてしまって」

話しながら、松野は疲れた様子を見せた。鬼が恐ろしいのもあるのだろうが、悪夢を見ているなら疲れているのも当然だ。

話を聞いて紗雪は松野のことを同情的に見ていたが、津々良が何を考えているのかはわからなかった。

だが、彼の目の色が変わっていることに気がついた。

松野を見つめる津々良を見ていると、眼鏡の奥の彼の目が一瞬、金色がかって見えた。だがそれは本当に一瞬のことで、すぐにいつもの茶色の目に戻っている。

「松野さん、あなたはもしかして、恋人のことで悩んでおられるのでは？　もしくは恋敵がいて、想い人との仲がうまくいかないとか？」

「え？　はい、そうです！　そんなことがわかるんですか……？」

津々良は一体何を見ていたのだろうか。松野の何かを見透かして、どうやらそれを言い当てたらしい。

松野が津々良を見る表情が、先ほどまでとは違っている。

「わかります。鬼が見えるというのが、まあ、ひとつの答えですから」

「そうなんですね。すごい……ここに来て正解だったんだ」

津々良のことをすっかり信用した様子の松野は、これで救われるとばかりに浮かれていた。

だが、数日前に同じように相談に来た紗雪はわかっていた。今やっと相談の入り口に立っただけで、救われることが決まったわけではないということを。

「どのようなことで悩んでいるのか、詳しいことを聞かせていただけますか」

津々良が話の続きを促したことで、松野はあからさまにほっとした顔をした。

「恋人が浮気っぽくて、それが悩みなんです。年下の、モデルをしてる彼なんですけど、最近ようやくメディアに取り上げられるようになってきたんですよ。ここまで来るのは、かなり大変で。ほら、モデルだから身に着けるものにもこだわらなくちゃいけないし、SNSの写真もいわゆる〝映え〟ってやつが大事で、とにかくお金がかかるから、私が彼女として支えてあげなくちゃって、頑張ったんですよ」

松野は嬉しそうに、スマホを操作して写真を表示させた。そこには、ひとりの若者の姿があった。津々良に知っているかと尋ねられたが、紗雪にはよくわからなかった。そもそもテレビやネットなどのメディアに触れる時間なんてなかったし、もともと芸能人に興味があるわけではない。だから、松野が自慢げに見せてきた恋人も、ちょっと見目がいい同年代の男性としか映らなかった。

「松野さんは、その彼に貢《みつ》いでいたということですね」

「え……まあ、そうなります。でも、貢ぐっていうと搾取されてる感じがしてあれですけど、私としては愛情表現なんですよ。彼のほうも、そうだったと思います。甘えて、何か買ってもらうと私からの愛情を確認できて嬉しい、みたいな。私も、自分が贈ったもので彼がどんどん注目されていくのは幸せでしたし」

津々良が身も蓋もない言い方をしたが、松野は全くめげなかった。本当に、恋人に貢ぐことが誇らしかったのだろう。自分に使うお金も十分に持ち合わせていない紗雪には到底理解できないが、恋人がモデルとしてどんどん注目されていくことは、お金を使ったという達成感があって楽しかったのかもしれない。

松野は自分が恋人に買ってやったものや、恋人の最近の活躍など、楽しそうに話していた。きっと、誰かに話したかったのだろう。というより、自慢したかったのだ。いかに自分が恋人を大切にしているか、そのおかげで恋人がステップアップしていったのか、人に自慢したかったのだ。

その自慢話を、津々良はぶった切った。

「そんなふうに支えた松野さんを、その彼は裏切るようなことをしたんですね」

津々良が問うと、松野の顔色が変わった。笑顔が消え、虚《うつ》ろな表情になる。それに合わせて、二重写しの般若の顔も濃くなった。松野の顔にも般若の顔にも険しい、憎しみの表情が浮かぶ。そうなると二重写しというより、松野の顔そのものが鬼に見えた。

津々良には動じたふうはないが、紗雪は怖くてたまらずすくみ上がっていた。

「……そうなんです。私はどう見てもいい彼女で、彼が成功したのだって、かなりの割合で私の功績だと思うんですよ。昔はちゃんと彼も感謝してくれてたのに……売れてきたら、いろんな女の子と噂になるようになりました。アイドルだったり、モデルだったり……彼は、話題作りも仕事のうちだとか、相手も自分も利害が一致したビジネスの疑似カップルだとか、そういうことを言ってました。最初のうちは、私もそれを信じてました。それに、もっと立派になったら結婚しようって言ってくれたし」

松野の顔が、鬼の顔が、陽炎《かげろう》のように揺らめくのを見た。今でも十分苦しそうなのに、これから話すのはさらに苦しいことのようだ。

「最近、彼に新しく噂になった子が現れて……というより、その子は彼と付き合ってるんだとほとんど公言してるようなものでした。SNSにお揃いの腕時計の写真をアップしたり、お茶してる写真に彼の手が写り込んでいたり、挙げ句の果てには、これを見てくださいって……」

松野は苦々しく言って、再びスマホを操作した。そこに表示されているのは誰かのSNSのアカウントページかと思ったが、よく見ればスクリーンショットだ。何枚もあるスクリーンショットをスライドしていき、松野はある一枚を津々良と紗雪によく見えるようにした。

「これは……ひどい」

スマホの画面に映し出されているのは、若く華やかな女性の自撮り写真だ。少し際どい、セクシーなルームウェアを身に着けて写るその背後には、ベッドがある。ベッドには、松野の恋人と思しき男性が眠っている。これは、あからさまに背後の男性と関係を持っていることを見せびらかすものだろう。

「いわゆる〝匂わせ〟ってやつですよね。匂わせっていうより、これはあまりにあからさますぎて、さすがにすぐ削除されましたけど。私の彼は最近人気が出てきてるから、この匂わせ行為はファンの子たちの反感を買ってます。でもこの女はそれすら嬉しいみたいで、どんどんファンの嫉妬心を煽《あお》るようなことをして、〝自分が彼の本命なんだ〟アピールをするんです。……本命は、ずっと支えてきたのは、私なのに……！」

言いながら、松野は悔しそうに涙を流した。皺《しわ》になるのも構わずに、スカートをギュッと握りしめて。

これが嫉妬なのか、愛することの苦しみなのか——同情しつつも、紗雪は目の前の松野の焼けつくようなヒリヒリした思いを理解することができなかった。だから、悔しさの奥からどす黒い憎悪をにじませる彼女を怖いと思ってしまうのはどうしようもなかった。

「失礼ですが、あなたのお仕事は？　普通の会社員であるならば、高級品を貢ぎ続けるのは大変なことだったでしょう。自分の食べるものや身に着けるものを削って、お金の工面をしていたんですか？」

気の毒がるというより、探るように津々良は尋ねた。それは危うい質問だったのか、松野は「はっ」と息を吐くように笑った。それが失笑だったのか、自嘲だったのか。鬼の顔を見れば、それが嬉しい問いではないのは明白だったが。

「めっちゃ働いたり食べるもの我慢したりして間に合う金額なら、よかったんですけどね。……人には言えないような副業もしたんですよ。だって、彼がキラキラするのも、少しずつ夢を叶えていくのも、幸せだったから……」

泣き笑いのような表情の松野を見て、紗雪は怖いと思いながらもかわいそうだと感じていた。泣くのを見て感情が引きずられているのかもしれないが、かわいそうで、悲しくて、苦しくなった。

必死に働いて、不本意な副業もして、好きな人に尽くそうとしたのだ。それが報われず、裏切られるなんてつらすぎる。

「なるほど。それであなたはその鬼で、何を為したかったんですか？」

「え……？」

しばらく松野が泣くのに任せていた津々良だったが、ふいにそう切り出した。声は静かだが、やや語気が荒い気がする。挑発しているのか、そうでなければ怒っているような感じだ。

「何を為すって……この鬼は、私に憑《つ》いてるんですよね？　ほら、悪霊とか何かなんでしょ？」

「いいえ。その鬼は、あなた自身です。あなたは、鬼そのものになろうとしているんですよ。――まさか、自分が憑かれた被害者だとでも？　その鬼で、もう誰か傷つけたくせに？」

津々良が煽るように言えば、松野が動揺するのがわかった。鬼の顔が濃くなって禍々《まがまが》しさが増しているが、その奥の彼女自身の顔は苦しげに歪《ゆが》められていた。

「傷つけたって……確かにあの女、怪我したみたいだけど、私は何もしてないし……」

「本当に？　あなたは鬼になりかけているのが怖いとか夢見が悪いとか、そんな理由でここに来たのではないのでしょう？　自分の身の内から出た鬼を制御できなくなって、ついに恋敵を傷つけたことで怖くなったのではないですか？」

「違う！　……私じゃない」

「そうですか。それならば、お帰りください。鬼が、あなたが、何もしていないならいいじゃないですか。わかっているとは思いますが、鬼はあなたには何もしませんから」

取り乱す松野を、津々良は冷たく突き放した。指摘されたくないことを言われて、松野は泣いていた。泣いても、涙を拭っても、鬼の顔は薄れないし、消えない。怒りをたたえた表情で涙する般若《はんにゃ》の面は、怖さと共に哀愁がある。

津々良が松野をどうするつもりかわからないが、このままもし彼女が帰ってしまったらと思うと、紗雪はそれが心配だった。

「あの、松野さん。本当は、鬼になんてなりたくないんですよね？　鏡を見て、怖い顔の自分がそこにいたら、嫌ですもんね……」

自分より歳上の、しかも取り乱して泣いている女性に声をかけるのは、かなり勇気がいることだった。それに紗雪は、嵐が過ぎ去るのを待つタイプだ。

それでも今は、嵐の中で泣いている人を放っておけなくて、近づいていって手をそっと握ってみた。松野の鬼を祓ったり、鎮めるために拝んだりはできなくても、泣いている人をひとりにしないことくらいは、できると思ったから。

「えっと……こんなふうに、髪だって爪だってきれいにしてるのは、彼氏さんに可愛《かわい》いって言われたかったからですもんね。愛してほしかったから、大事にしてほしかったから、すっごく頑張ったんですよね。それなのに彼氏さんがよそ見をするのは……悔しいし、悲しい」

紗雪はたどたどしくも、拙《つたな》い言葉で松野の気持ちを代弁しようとした。こんなことに意味がないのはわかっている。それでも、なんとか松野の心を解きほぐしたかったのだ。

解きほぐさなければ、本心を語ることはできない。本心を、本当の望みを口にすることができなければ、津々良も彼女を救うことができない。

そのことが、紗雪にもわかったのだ。

「……そうよ。悔しかった！　なんであんな女が！　でも、悔しくて、憎かっただけで、鬼になりたかったわけじゃ……彼にも『最近、顔が怖いよ』って言われて……鬼になったら、怖い顔になったら、私……そんなの嫌……！」

それは引き絞るような、悲痛な叫びだった。だから、それが松野の本心なのだろう。

その本心の発露を受けて、津々良は立ち上がった。

「それは、本当のことですか？　本当はその鬼に憎い連中をみんな傷つけてほしいんじゃないですか?」

立ち上がった津々良は、背が高いため威圧感がある。

だが、松野は怯《ひる》まなかった。それはきっと、自分の中に飼っているもののほうが、よほど恐ろしいと知ってしまったから。

「違います、そんなこと……私は、鬼に何もさせたくない」

松野が泣くのをやめてそう言うのを、津々良はじっと聞いていた。それが本当のことなのかどうか、判別するかのように。

やがて津々良は、気合いを入れるように大きく頷いた。

「――よし、わかった。鬼退治といこうか」


鬼退治と言われて何をするのかわからなかったが、紗雪たちはまず早めの夕食を摂ることになった。なぜ食事を摂るのかわからない様子の松野も一緒に、だ。

メニューは、津々良が作ってくれた赤飯をおにぎりにしたもの。といっても小豆《あずき》が入ったよく見る普通の赤飯ではなく、赤米《あかまい》という米を炊いたものだった。

赤飯は祝い事のときに食べるというイメージしかなかった紗雪は、なぜ今日食べるのだろうと首を傾げたが、「赤色は強力な魔除《まよ》けの力があるんだ」というのが津々良の答えだった。

魔除けのパワーを赤飯から取り込み、いよいよ津々良による鬼退治かと思ったが、彼が次に命じたのは「休んでおけ」ということだった。

「午前二時、つまり丑三《うしみ》つ時からが勝負開始だから、それまで体力の温存をしておきなさい」

そう言い残して、津々良は何かの準備をするためにどこかへ行ってしまった。

応接間で松野とふたりきりになった紗雪は、気まずい思いで膝を抱えた。

津々良からはそばについていてやれと言われているし、松野自身もひとりになるのが不安そうだった。だから紗雪も一緒にいることはやぶさかではないが、人付き合いが得意ではないため、こういうときどうしたらいいかわからないのだ。

しかも、今はまだ午後七時過ぎ。あと七時間もこうして待機していろと言われるのは、なかなかにつらいものがあった。

「あの、丑三つ時まで長いので、仮眠でも取りますか？　お布団、敷きましょうか」

気を遣って紗雪が問うと、松野は弱々しく首を振った。声をかけるまでずっと虚ろな目でスマホを見ていたが、それをポイッと放ってしまった。

「疲れてはいるけど、眠くはないの。というより、最近は眠剤がないと眠れないの。眠剤を飲んでも眠りが浅くて、眠れないとスマホをチェックしてしまって、また目が冴えて……その繰り返しなの」

「それは……すごく大変ですね」

紗雪は、毎日疲れ果てて泥のように眠るという日々を送っていたため、眠れないということがよくわからなかった。だが、松野は副業までしていたというのだ。疲れていないわけがないのだから、よく眠れないのはつらいだろう。

「あなたは、その……幽霊とかそういうものが昔から見えるの？　こんなところで助手をしてるってことは、そうなのかなって思ったんだけど」

紗雪に気を遣ってくれたのか、松野はそんな話題を振ってきた。それにしてもなぜこの話題と思わないこともなかったが、紗雪は何と答えようかと考えた。

「そう、ですね。小さい頃は、よく見てました。でも、一時期は見えなくなっていたんです。でも、最近はまた見えるようになってしまったんです」

話しながら、紗雪は子供の頃のことを思い出していた。松野に言ったとおり、紗雪は子供の頃、幽霊というかおかしなものを見る子だった。それは思春期になっても続き、あるときぱたっとなくなったのだが、最近になって——というより、今日になってまた見えるようになったことに気づいてしまった。

なぜそんなことになったのか、一時的なものなのかわからないものの、見えることには何か意味があるのだろうと思っている。

「見えるようになってしまって、それで拝み屋さんのところにいるのね？」

「まあ……そんなところです」

紗雪のことを津々良の助手と思っている人に本当のことを言うわけにはいかず、適当にお茶を濁した。うまくごまかせたかはわからないが、松野が気にした様子はない。

「そういうものが見える目ってことは、私の鬼も見えるってことよね？　……あなたの目には、私はどう見える？　やっぱり、恐ろしい？」

松野は、静かに尋ねてきた。

その顔には、相変わらず般若の面が重なっている。話しているときは努めて意識しないようにしていたが、それはずっとある。時折薄れたり、または濃くなったりするものの、消えることは一度もなかった。

「……鬼の顔は、やっぱり、怖いです」

少し悩んでから、紗雪は答えた。それが正解だったかはわからないが、松野はそれからずっと考え込んでいた。

それから、紗雪のタブレットPCでぼんやりと動画を観たり雑談をしたりして過ごしていると、不意に障子の向こうから声がかかった。

「時間だ」

壁にかかった時計を見ると、あと五分ほどで午前二時だ。

「庭へ」

紗雪が松野と共に廊下へ出ると、津々良はそう促してスタスタと先を歩いていってしまった。そのあとに続き、紗雪たちも庭へ出る。

「これは……？」

深夜の庭は当然真っ暗だが、通りには街灯があるし、目が慣れてくると見えるようになってくる。紗雪が庭の中に見たのは、ぐるりと大きな円を描くように置かれた縄と、その中に置かれた水瓶だった。

「これから、松野さんには『綱取り』……簡単に言うと相撲をしてもらいます」

「え……？」

津々良が言った言葉は、真夜中の庭というやや現実離れした場には不釣り合いなものに聞こえた。ふざけているわけではないのはわかるのだが、これから大掛かりなお祓いが執り行われると思っていたから、驚いてしまったのだ。

それは松野も同じらしく、困惑しているのが伝わってきた。

「相撲って……拝み屋さんが祓ってくれるんじゃないんですか？『鬼退治する』って言ったじゃないですか……」

「その鬼退治が、相撲です。松野さんが相撲で勝つことが必要なんです」

「誰に？」

「鬼に」

「鬼って……どこにいるんですか？」

まさかひとりで相撲を取れと言われているのかと紗雪も考えたが、そういうことではないらしい。津々良は、静かに水瓶を指さした。

「鬼なら、いるでしょう。水鏡を覗いてみてください」

有無を言わせぬその口調に、松野は少しためらってから水瓶に近づいていった。そして、その前に屈み込んで中を覗いた。

紗雪がいるところからは、松野が水瓶の中にきちんと自分の姿を映せたのかわからなかった。だがその直後、水瓶から手が伸びてきたのが見えた。

伸びてきた手に摑まれた松野が、悲鳴を上げた。その手は、松野を引きずり込もうとしている。

「引きずり込まれてはいけない！　逆に、そこから引っ張り出すんだ！」

そう叫ぶや否や、津々良は腹に響く声で何事かを唱え始めた。その音の感じは、正月の神社で聞くものに似ている。その場をどうにかするための呪文を唱え始めたのだと、紗雪は理解した。

津々良の叫びを聞いた松野は、水瓶に手をかけ、足を踏ん張り、それ以上体を持っていかれないようにした。そして、「えいっ」と気合いの入った声を出すと、後ろに腰を落とす形で、摑みかかってきた腕の主を引き上げた。

水瓶から出てきたのは、松野と同じ姿をした人だった。だが、それが松野ではないとわかるのは、その顔に般若の面が張り付いているからだ。

ぬらりと立ち上がった鬼の女と、松野は対峙している。縄で作った円の中で。

その光景を見て、紗雪はこれが相撲なのだと理解した。

「……松野さん、戦って！」

紗雪は気づいて叫んだが、鬼のほうが動きが早かった。鬼は松野に摑みかかると、投げ飛ばそうと力を込める。

「……負けない！　あんたなんかに負けない！」

危うかったが、松野も気迫でやり返そうとした。相手と同じように、それ以上に力強く組み付き、土俵際へと追い詰めようとする。だが、松野が力を込めるのに比例するように、相手も力が増したのが見て取れた。

「嘘……何よ、これ！　あんたなんか……早くいなくなればいいのよ」

松野が憎々しげにそう言ったとき、鬼の腕に、足に、筋肉が盛り上がるのが見て取れた。相手が強くなっているのは確実だ。鬼の爪が鋭く腕に食い込み、松野は痛みに怯んだ。

「松野さん、まだあなたは他人のせいにするんですか⁉」

呪文を唱えるのをやめ、津々良が声を上げた。

「その鬼は、誰だ？　どこから来たんだ？　あなたのものだろう？　あなたの内側から来たんだろう？　それを拒絶してどうする？　受け入れずして、どうやって勝つ？」

戦況は逼迫《ひっぱく》していると判断したのか、津々良は言葉遣いに構うことなく叫んでいた。

その間も、松野はズルズルと鬼に押し出されそうになっていた。

「受け入れるって、どうやって……？」

「認めるんだ。鬼を生んだのは自分だと。鬼は自分なんだと。その鬼に、自分は何をさせたのか、自分が何をしたのか、認めろ！」

「くっ……」

津々良が叫んでいる間に、一歩、また一歩と松野は土俵際へと追い込まれていった。

しかし、あともう少しのところで動きが止まった。

受け入れるとは、認めるとは。紗雪にはよくわからなかったが、松野には何かわかったようだ。投げ飛ばそうと腰を摑んでいた手を、鬼の背中に回した。まるで、抱きしめるみたいに。

「……あの女が、彼と噂になる女が、みんな憎かった。みんな、全員、ひとり残らずいなくなれって、思った……ひどい目に、遭えばいいって、思ったの」

ギュッと鬼を抱きしめて、かすれる声で松野は言った。苦しいのか、あまり声は出ていない。それでも、一言一言区切って、嚙みしめるみたいに発音した。

「本当は、一番憎いのは彼のことで、でも彼のことは憎みたくなくて……つらくて苦しくて、もうただ好きなだけじゃいられなくて……私だけが汚れてくみたいで、キラキラしてる彼や女の子たちを見てたら頭がぐちゃぐちゃでおかしくなるかと思って……あの女を恨むことで、楽になろうとしてた」

鬼の力は弱まっていないのか、抑え込むように抱きしめている松野は息も絶え絶えだ。

だが、鬼が有利というわけでもなさそうだった。

「あいつさえいなければ、あいつが消えたら、あいつが彼をあきらめたら、彼が戻ってくるんじゃないかって、思い込もうとしてた。だから、消さなきゃって思ったけどうまくいかなくて、あの女が怪我したら彼はますます向こうを気にかけるようになって……本当はわかってたのに……もうだめだって、もう戻ってこないって。でも認めたくなくて、そしたら鬼になってたの……」

松野が嗚咽《おえつ》を漏らし始める。大きくしゃくり上げすぎて、過呼吸にならないか心配になる。それに、泣くことに力を使ったら鬼に負けてしまうかと思ったが、松野に抱きしめられた鬼は、じっとしていた。

「……あの女が消えればいいなんて、思うべきじゃなかった。考えちゃだめだった。心が真っ黒になる前に、やめなきゃいけなかった。心に鬼が棲《す》むまでになったのに、それでもまだ、自分が悪くないって思いたくて……悪いものをすべて、鬼に押し付けようとしてた。ごめんなさい……もう、やめる。戻ってこない恋にしがみつくのも、愛されない八つ当たりで誰かを恨むのも、人を恨むことを正当化するのも……全部全部！」

動かなくなった鬼を抱きしめたまま、松野は鬼の重みを、自分のしてしまったことの重さを抱えて、ついにそれを外側へと押し出すことができた。そのとき、すかさず津々良が指を素早く動かすのが見えた。陰陽師が出てくる映画なんかで見る、印を結ぶポーズのようだ。

「……やった！」

固唾《かたず》を呑んで見守っていた紗雪だったが、思わずガッツポーズをして小さく叫んでしまった。

押し出された鬼は、煙のように霧散《むさん》して消えていった。土俵の中に残されているのは、疲れ果てて地面に座り込んだ松野だけだ。

少し迷ってから、紗雪は松野のそばまで行った。

「……鬼退治、終わりましたね」

適切な言葉が思いつかなくて、紗雪はしばらく考えてそう言った。松野は静かにただ頷くだけで、冬の夜の澄んだ空気の中を津々良が何か唱える声だけが響いていた。

すべてが片付いたのは午前四時過ぎで、それから松野を少し休ませてから送り出して、いつもよりちょっぴり遅い朝の空気の中で紗雪は久々に疲労というものを感じていた。不思議な達成感を感じないわけではなかったが、それよりも夜中に起きていたことと、人間の感情の強烈な部分に触れたことによる疲れが大きかった。

「津々良さん、お疲れ様でした。……拝み屋の仕事って、大変なんですね」

朝食はいらないという津々良のためにお茶を淹れて、紗雪は労《ねぎら》おうとした。実際に拝み屋の仕事を目の当たりにしたものの、おそらく本当の意味での大変さはわかっていない。それでも、何か言葉をかけていたわりたかったのだ。

「いや、まあ……そこそこに大変だったな。ただ、昨夜のようなことは、本来なら拝み屋の仕事ではないな。拝み屋の仕事は、医療現場で言えば救急救命士だと私は考えているから」

「つまり、外科や内科ではないってことですか？」

「そうだ。応急処置を施すことはできても、本格的な外科手術をするのは厳しい。やるべきじゃない。それでも、昨夜のようにその領分を超えてする仕事もあるということだ」

「そうなんですね……」

拝み屋の仕事がどんなものなのか、紗雪にわからせたかったのだろう。身近なたとえで津々良は表現しようとした。

「救急救命士と言ったが、結局は過疎地の町医者みたいな役割もあるのかもしれないな。領分ではないことでも、自分しか命を守る者がいなければやるしかないからな」

「昔のドラマであった、離島のお医者さんみたいな感じですね。そのお医者さん、往診から緊急手術まで、何でもやってました」

「そう。まさにそんな感じだ。本来は札を書いて拝むのが仕事なのに、鬼退治まですることになって……」

かなり疲れているようで、津々良はふわふわとあくびをした。そんなふうに気の抜けた、人間らしい姿を見て、紗雪はちょっぴり不思議な気持ちになった。当たり前だが、津々良も人間なのだ。そのことが、今改めてわかった気がした。

「悋気《りんき》……つまり、嫉妬心が強すぎると鬼を生むんだ。鬼になるんだ。だから、己の心には気をつけなければならない」

松野のことを言っているのだと、紗雪はすぐにわかった。だが、同時に自分のことでもあるのではないかと考えた。

強すぎる嫉妬心が鬼になるのなら、紗雪に憑いているものは、何が原因なのだろうか。

「私も、鬼にならないように、自分の気持ちときちんと向き合うようにします」

「まあ、鬼になるにはよくも悪くもかなり強い意志が必要になる。渡瀬さんの場合は鬼になることより、その弱々しい意志につけこんで何かよくないものを呼び寄せたり憑かれたりすることのほうを気をつけるべきだな」

しっかり考えて言ったものの、どうやら的外れだったらしい。苦笑いを浮かべた津々良に言われて、なんだか恥ずかしくなってしまった。

「あ、はい……すみません」

「ここは、俗世からやや離れた離島の診療所みたいなものだ。渡瀬さんはここで、しっかり療養するんだな」

「……はい」

これからどうなるのか、まだわからない。その不安はずっとあるものの、津々良のところにいれば大丈夫なのだろうという安心感も感じ始めていた。

第二章 生き抜いた者に救いを

Ogamiya tsudura
kaikiroku

津々良家の敷地は広い。

平屋造りの日本家屋だが、部屋数は多く、離れもあり、庭の中には立派な蔵まである。もともと一人暮らしだったというのが信じられないくらい広いため、当然掃除は大変だ。

だから紗雪は朝起きてする掃除の他にも、朝食後から昼過ぎにかけて、毎日少しずつ家の中を掃除して回っている。掃除をするとなんとなく精神の修行になるのではないかと思って始めたことだったのだが、適度な運動になり、達成感を得られる。それにこうして掃除をすれば津々良が労いの言葉をかけてくれるため、何をしても叱られてばかりだった仕事をしていたときよりも充実して過ごせている気がするのだ。

ただ、やはり限度というものがあるため、最初の頃に一日で家全体の掃除をしようとしたときは叱られた。「過労が癖づいているのだから、意識して休むことを覚えろ」と言われ、自分が何かしていないと落ち着かない病的な状態になっていることに気づかされた。

ひとまず心身を休めることが問題解決の一歩と言われているのだが、やはり何もしないのは落ち着かない。かといって自分が津々良家に身を寄せている理由を考えると外出しようという気にもなれず、結局は汚れているところがないか検分したり、与えられた部屋でぼんやりすることしかできない。

来客があればお茶を出したり同席したりということもあるものの、そう毎日依頼があるわけではない。

だから、紗雪はこの家で津々良以外の人間と接する機会がほとんどないまま、二週間ほどが経過していた。

そんなある日のこと。

「あら。あなたが紗雪さんね」

落ち葉が気になって庭へ出て掃除をしていると、紗雪は突然そう声をかけられた。少し驚いて振り返ると、そこには愛想のいい女性がいた。年齢は紗雪の母親よりもやや上くらいだろうか。穏やかに微笑まれて、紗雪も会釈を返した。

「私は、この家に通いで来ている家政婦の佐田です。ようやくお会いできた。尊《みこと》さんから若いお嬢さんをお預かりしてるって聞いてご挨拶しなきゃって思っていたんだけど、なかなか機会がなくて」

「あ、はい、はじめまして……えっと、渡瀬紗雪です。すみません、私が部屋に閉じこもってばかりいたので、今日まで顔を合わせる機会がなくて……」

目の前のにこやかな女性の正体が、ずっと気になっていた家政婦だとわかって紗雪は慌てた。あらかじめ言われていた来客などには対応できるが、こんなふうに唐突に人に出会うと戸惑ってしまう。今もどんなことを話すべきか頭には浮かぶのに、うまく言葉にできなくて、結局名乗ることしかできなかった。

「紗雪さん、何か食べたいものはありますか？　尊さんね、何でも食べてくれますけど、作る側としては何でもじゃ嫌なんですよ。私、子供ももう大きくなってしまったから、誰かに食べたいものをリクエストされる生活が恋しくって」

緊張する紗雪を前に、佐田はコロコロと笑う。ふくよかな彼女を見ると、この人があのおいしいものを作ってくれていたのかと納得して、紗雪は何が食べたいだろうかと考えた。

佐田のことがずっと気になっていたのは、その料理があまりにおいしいからだ。

津々良も料理をするのだが、彼の料理は基本的にシンプルだ。だが、何品か手間のかかったおかずがあったり、週に数回作られてからそんなに時間が経っていないおいしいおかずがあったりして、それが佐田の手によるものだと聞かされていた。

里芋の煮っころがしやきんぴらごぼうなどを久しぶりに食べた紗雪はその味に感動して、佐田にお礼を言いたいと思っていた。そして、お願いしたいことがあったのだ。

「えっと……食べたいものはたくさんあるんですけど、それより佐田さんにお願いがありまして」

「何でしょう？　何でも言ってください」

「あの、厚かましいお願いですが、料理を教えてほしいんです。居候させてもらってる上に食事まで作っていただけるのが、恥ずかしいのと心苦しいのとで……」

「あらあら。そんなことならお安い御用ですよ」

恥ずかしいお願いだとか迷惑だとか思われたらどうしようかと思っていたが、佐田は快く引き受けてくれた。

津々良家に身を置いて二週間、紗雪はずっと申し訳ない気持ちでいっぱいだったのだ。家に置いてもらえるだけでなく、食事の心配をしなくていい生活を送らせてもらっているなんて、普通に考えればあり得ない話だろう。それに、あの津々良に食事の用意をしてもらってばかりいるのがどうにも落ち着かず、自身でも何かしたいと思うのだが、社畜生活のせいで家事スキルもこれまで磨いてこなかったため、何もできないのを恥じていた。

だから家政婦の佐田に会うことができたら、そのときは必ず教えを乞《こ》おうと考えていたのである。

「親御さんのもとを離れてるんだったら、いざ何か覚えようと思っても独学ですものね。だから年長者として教えることはやぶさかではないけれど、尊さんは料理が好きだし、紗雪さんに家のことをさせようと思って居候させているわけではないでしょうから、気にすることなかったのに。そういうことを全部自分でしたくて、本家を出てこうして一人暮らししてるそうですから。私がここへ通っているのも本当なら必要ないんでしょうけど、お役に立ちたいという私の気持ちを汲んでくださっているのよ」

「本家？」

庭をぐるりと回って勝手口から台所に戻りながら、佐田はニコニコ話してくれた。

「津々良家の本家です。津々良家は代々優秀な祓い屋さんを輩出する家で、大きなお屋敷なのよ。尊さんもとても強い祓い屋さんだったんだけど、若くして引退して、拝み屋さんを始めたの。引退しても本家にいればお手伝いさんがたくさんいて生活に困ることはなかったのに、命ある限り人の役に立ちたいと、今の生活をしているんです」

「あの、祓い屋って？」

「簡単に言うと、ゴーストバスターですかね。私の家は昔、津々良家に助けていただいたご恩があって、そのご縁でずっと家政婦を務めさせていただいてるんですよ」

「そうなんですね」

紗雪は佐田と出会ったほんの数分で、津々良のことをいろいろと知ってしまった。下の名前が尊ということ、津々良の本家はとても大きな家であること、彼がもともとは拝み屋ではなく祓い屋であるということ。料理を教えてもらえるだけではなく、思わぬ収穫があった。

「さて。じゃあ今から卵焼きの作り方でも教えましょうかね」

津々良邸の台所は六畳ほどの大きさで、一般家庭の台所では広い部類だろう。三口コンロと魚焼きグリルがついたガスレンジも、広々とした調理台と流し台も、一人暮らしをしていた部屋のせせこましいものとはまるで違う。実家のキッチンと比べてもかなり広く、言ってみれば本格的で、ここに立って自分がこれから料理をすると考えると、紗雪は少し緊張してきた。見るのと自分がそこに立つのでは、ずいぶん印象が違う。

佐田はさっそく冷蔵庫から卵を取り出した。卵焼きと聞いて紗雪は身構えた。教わりたいと言ったのは自分だが、いきなり難易度が高いのではないかと思ったのだ。

「きっとね、すごく難しそうだって思ったでしょうけど、大丈夫よ。確かに、きれいに焼けるようになるまで道のりは長いけど、失敗しても『スクランブルエッグよ』って言い張れば通用しますから。そういうところが、初心者の練習にはもってこいだと思うんです。尊さんは、甘めのだし巻きが好きですから、作っていきましょうか」

「はい」

佐田は料理を作るだけではなく教えることにも慣れているらしく、手際よく進めていった。

ボウルに卵を割り入れ菜箸《さいばし》でよくときほぐしてから、砂糖、だし汁、醤油を加えてさらに混ぜていく。

できあがった卵液を熱して油をひいたフライパンに流し入れ、固まってきたらそれを箸で丸めながら端に寄せていき、また卵液を流し入れ……と何度も繰り返すうちに、よく見る卵焼きの形になっていった。

そのあまりの華麗な手さばきに紗雪が感激して見入っていると、突然玄関のほうが騒がしくなった。

「あらあら。お客さんかしらね。でも、インターホンが見えなかったのかしら？」

「ちょっと、怖いですね……」

複数人が大きな声を出しているのと、ドンドンと引き戸を叩く音が聞こえた。来客にしても、あまり対応したくない類《たぐい》のものだ。

「卵焼き……うぅ、ちょっと見てきます」

「大丈夫よ。今度また作り方を見せてあげますからね」

卵焼きに後ろ髪引かれつつも、紗雪は玄関に向かうことにした。津々良が向かっているかもしれないが、もしこのまま対応せずに玄関の戸を破壊されるようなことになったら困るから、早足で行った。

「なんだ、ゾンビか。ゾンビなら専門外だ。今開けるから、戸を殴るんじゃない」

紗雪が玄関に到着すると、津々良もすでにやってきていた。津々良の口からゾンビという単語が発せられたのがおかしかったが、今はそのジョークに笑っている場合ではない。やや苛立《いらだ》った様子で津々良が戸の鍵を開けると、押し寄せるゾンビさながら戸の磨りガラスに張り付いていた人たちがなだれるように入ってきた。

「息子をっ、息子たちを助けてください！」

なだれ込んで来たのは、取り乱している中年女性を筆頭に、視線が定まらず落ち着きのない高校生くらいの少年四人と、所在なげな中年女性ふたりだ。叫んでいる女性と少年たちは異様に興奮しているから、この人たちが戸を開けるよう騒いでいたようだ。

だが、彼らの背後を見ればさらに大勢の気配がする。ガサガサとそこだけ解像度が低いみたいによく見えないが、彼らの後ろに大勢の〝誰か〟がついてきているのを紗雪は見た。

「幽霊、どうにかできるんでしょ⁉　憑いてんのよ、この子たちに！」

「早く取ってくれ！　ヤバイんだ！　このままだったら殺される！」

取り乱した女性と少年たちは、口々に言い立てる。あきらかによくないものを背後に大量に引き連れていれば騒ぎたくなるのももっともだが、それにしても人にものを頼む態度ではないと紗雪は思った。

「……お困りなのですね。わかりました。お話を聞かせていただくので、まずは上がってください」

あまりの騒々しさと傍若無人さに津々良はうんざりした雰囲気を出したが、軽く深呼吸をしてそれを収めた。そして努めて穏やかに言うと、家の中に入るよう促した。人間たちが中に入ると、当然のように背後の者たちも家に上がってきた。

「要するに、遊び半分で心霊スポットに行って、それ以来身の回りでおかしなことが起きているからどうにかしてほしい、ということですね」

応接間に通してから聞き出した話をまとめて、津々良はそう言った。

初めのうちは「幽霊が」とか「ラップ音が」とか「窓が割れて」などと要領を得なかった彼らの話だったが、津々良が順序立てて尋ねていくと、ようやく全貌が見えてきた。

和田《わだ》、杉本《すぎもと》、山口《やまぐち》、鈴木《すずき》と名乗った少年たちは、ネットに投稿する動画を撮ろうと心霊スポットとして有名な廃墟に行ったらしい。そこでは特に怖い思いをせずに帰ってきたそうだが、その後は激しい家鳴りに悩まされたり、金縛りにあったり、家の中で不気味な人影を見るようになったりしだしたのだという。

　それでどうにかしなければと和田少年の母が手を尽くして調べて津々良のところへ来たそうなのだが、これは彼が嫌がる案件なのではないかと紗雪は考えていた。

「肝試しに行くのなんて、よくあることでしょ？　子供なんだから、そのくらいのやんちゃは当たり前なのよ！　それなのにひどい目に遭ってかわいそうで……このままじゃ、私までおかしくなりそうよ！　私が何したって言うのよ！」

　叫ぶ和田の母親に、紗雪は早くもうんざりしていた。子供の悪事を何でも「子供のしたこと」で済ませようとするのは、聞いていて気分のいいことではない。

　少年たちがやったのは、まさに津々良が言っていた〝水場に近づいて勝手に溺れる〟タイプの人間たちの所業だろう。わざわざ心霊スポットに足を運んで何かに憑かれてしまったと騒ぐ人間をどうにかしてやったところで、日が経てばまた懲りずに同じことをするに違いない。

　そういうのを相手にするのを厭《いと》うだろうと、紗雪は勝手に津々良のことを分析していた。

　それに、少年たちは怖がり疲弊しているものの、どこか他人事というか、感情が上滑りしているように見える。自分たちがしでかしたことによってこんな結果になったのだという、懲りて反省する様子がまるでないのだ。

和田少年の母親はあまりにも被害者意識が強すぎて攻撃的な姿勢が剥き出しだし、杉本と鈴木の母親は連れられて来ただけという態度から、真剣度が低いのが伝わってくる。〝幽霊のしわざ〟などと信じていないのかもしれない。山口の母親にいたっては、理由はわからないものの、この場に来てはいない。

あの日、私に救われる気がないと言った津々良の気持ちが、ほんの少しわかった気がしていた。

当事者意識のない目の前の依頼人に、紗雪は苛立ちを覚えるとともに、最初の日の己の態度を恥じていた。どうにもできないと言った津々良の考えが、実感を伴って理解できた。

「それで、みなさんが廃墟から持ち帰ったよくないものを祓うということで、よろしいのですね？」

突き放すのかと思いきや、津々良はどうやら引き受けることにしたらしい。本題に入るための話を切り出した。

「そうです！　早く気持ち悪いことから解放されたいんで、さっさとお願いします！

何も悪いことしてないのにこんな目に遭うなんて、この子たちも運が悪いわ……」

和田少年の母親は津々良に対してありがたがるどころか、ヒステリックに命令するみたいに言った。その言葉に紗雪は驚いたし、津々良が苛立つのがわかった。何より、目に見えないほどに部屋の中に充満した負の気配がざわめくのが伝わってきた。

「……何も悪いことはしていない、ですか？」

面《おもて》に怒りは全く浮かべていないが、その声の感じから津々良が非常に気分を害しているのが紗雪にはわかった。

「だって俺たち、ただあそこに行っただけで、何も壊したわけでもなけりゃ、何かを無断で持ち帰ったわけでもねぇ。……ちょっと遊んだだけじゃねえか」

津々良に咎められたのがわかったのだろう。和田少年は八つ当たりをするみたいに吐き捨てた。そのふてぶてしい言い方と悪びれない横柄な態度に、紗雪は嫌な記憶が蘇《よみがえ》って胃が痛くなってきた。

目の前の彼らの雰囲気が嫌でたまらなかったのだが、それはよくないものを背後に引き連れていたからだと思っていた。だが実際は、高校生のときに紗雪をいじめていた同級生にまとうものが似ていたからだと気がついた。その子たちも、どれだけひどいことをしても罪の意識などなく、「ちょっと遊んだだけ」と思っているようだった。

卒業後、忘れるように努力して記憶の奥に追いやった人間たちのことを思い出してしまい、紗雪は動悸がしてきていた。

「こういった職業であることを抜きにしてひとりの大人として言わせてもらうが、肝試しと称していても廃墟なんかに勝手に入るのは悪いことだ。不法侵入というれっきとした犯罪で、権利者に見つかれば訴えられることもある。だから今回のことで〝何も悪いことをしていない〟という意識は捨てなさい」

悪態《あくたい》をついた和田少年をはじめ、高校生たちをじっと見据えて津々良は言った。睨んでいるわけではなく無表情で、声を荒らげることはないが、それでも彼には凄みがある。先ほどまでふてぶてしい態度を取っていたのが一転、少しだけ神妙になった。

その様子を見て、津々良はにっこり微笑んだ。

「まあ、ああいった場所はよくない人間が入り浸っていたり古くなって崩落の恐れがあったり、危険なことがたくさんある。そういう意味でも、廃墟になんて行くものではない。いいね？」

津々良の笑顔は、無表情よりもさらに恐ろしいものがあった。そんな怖い笑顔で凄まれて、少年たちはコクコク頷くことしかできない。

だが、そんなふうにしているのもどうせ今だけだろう。和田の母親は自分の子が叱られて面白くなさそうだし、他の母親ふたりにいたってはどうでもよさそうだ。この様子を見る限り、少年たちはそう遠くないうちに再び調子づいてますます悪いことをするだろうし、今回のことだって武勇伝として面白おかしく吹聴《ふいちょう》して回るだろう。

そんな彼らに何かしてやる必要があるのだろうかという黒い感情が紗雪の中には沸き上がってくるが、津々良は粛々《しゅくしゅく》と準備していった。来客用の茶碗にきれいな水を注ぎ、それを薬包紙と共に彼らの前に並べる。紗雪が薬包紙の中身が何か尋ねると、飲む護符との答えが返ってきた。

それから津々良は何事か低くよく響く声で唱え、埃《ほこり》でも払うようにそれぞれの背中を軽く叩いて、薄く小さな紙に書かれた護符を飲み込ませた。

津々良が唱えるうちに、部屋の中の空気が変わっていくのがわかった。大きな塊だった嫌な雰囲気が、ひとつ、またひとつとほぐれて部屋から出て行くのだ。

浄化されるとか成仏していくとか、そういったふうには見えなかった。まるで道を間違えたことに気づいて、ふらっといなくなるような感じだ。

少年たち全員が背中を叩かれ護符を飲み込んだ頃には、部屋の中はすっかりきれいになっていた。だが、そのせいでそれまで目立たなかったものの姿に、紗雪は気がついてしまった。

すべて解決したと思って帰っていく少年たちの背後には、まだぴったりとくっついて移動する透けた人影があった。その人影は少年たちと同じくらいの年で、学生服を身に着けていた。そして、その首にはだらりと縄がついていた。

それを見た紗雪は、和田たちがいじめで死に追いやった者がつきまとっているのだとわかってしまった。

和田たちに憑いている少年の霊のことについて、津々良は気がついているのだろうか。それはわからなかったが、紗雪は自分が見たものについて言いだす気になれなかった。本当なら、知らせたほうがいいのだろう。それはわかるのだが、できれば彼らのことは早く忘れたかった。そうしなければ、紗雪は自身の記憶にも苦しめられることになるから。

大人になった今でも、高校生の頃に体験したことは思い出すと憂鬱な気持ちにさせる。今体験したって、きっと同じように打ちのめされるし、心を病むだろう。

それがわかっているから、今後も思い出さずに生きていきたいし、思い出させるものとは距離を取っていきたい。

だから、このまま自殺した少年の霊が憑いていたら彼らに不幸事が続くとわかっていても、それを津々良に言いだすことはできなかった。

しかし、やはり、と言うべきかそれから数日後、彼らはまた津々良家を訪ねてきた。

最初の訪問とは比べものにならないくらいの剣幕で、玄関を壊しかねない勢いで。

「どうなってんのよ！　まだおかしいことが起きるんだけど！　わざわざ足を運んで、お金まで払ったのに解決しないなんてどういうことよ！　うちの子は原付を運転していたら大怪我したのよ。他の子だって毎晩金縛りにあったり、部屋を横切る人影と物音に悩まされて苦しんだり……もう、めちゃめちゃなのよ」

今回の訪問は、少年四人と和田の母親だけだった。だが、和田の母親がひとりで数人分の怒りを撒き散らしている。他の母親の目がないため、怒りを抑える必要がないと考えているのかもしれない。

和田の母親の後ろを見ると、和田少年がギプスのはめられた腕を三角巾で肩から吊っていた。他の三人も、精神的にまいってしまっているらしく、げっそりとして顔色が悪い。

そして彼らの後ろには、首から縄を下げた学生服姿の少年の霊がいた。顔の部分は黒のマーカーで塗りつぶされたかのようにぐちゃぐちゃになって見えない。だが、禍々しいものをまとっているのはわかるため、紗雪はその圧のようなものに慄《おのの》いた。

「そもそも、ちょっと拝んで、よくわからない紙を飲み込ませてハイ終わりって何よ？　ちゃんとやりなさいよ。私ら一般人にとっては得体が知れないけど、仕事でしょ？」

玄関先で騒がれてはかなわないから、応接間に通すと和田の母親の怒りはヒートアップした。本当に痛むのかこちらの同情を引くためか、和田少年は痛みに耐えるみたいな顔をしてみせた。

ここが一般企業で、これがクレーム対応だとしたら、まず最初に「申し訳ございません」というのが正解なのだろう。しかし、ここは企業ではなく拝み屋だから、津々良は謝る気はないらしい。

「私は『心霊スポットから持ち帰ったよくないものを処理する』と言っただけで、それで問題が解決するとは言ってませんからね」

津々良は、怒鳴り続ける和田の母親にうんざりしたという態度を隠さず言った。たとえ平謝りしたところで簡単に許す気はなかっただろうが、この言い方に和田の母親は、顔色が変わるほどさらに怒った。

「あんた！　やっぱり騙したのね！　お金を払わせたくせに、本当は何もしてなかったんじゃないの？　それか、祓ったあとまた何か憑けたんでしょう？　そうすれば、こうやってまた私らが来たときに金が取れるから！」

あまりの言い草に、紗雪は衝撃を受けた。これでは、津々良が詐欺師みたいだ。和田の母親だけでなく当事者である少年たちも疑っているらしく、胡散臭《うさんくさ》いものを見る目を津々良に向けていた。

「あんたさ、そのきれいな顔で人を騙して、それで生きてるんでしょ？　霊能者だなんだって人の弱みにつけこむような商売して、恥ずかしくないの？　さっきから涼しい顔しちゃって、憎たらしいったらありゃしない。本物の霊能者だって言うんなら、さっさとこの子たちのことどうにかしなさいよ！　できなきゃ、あんたが詐欺師だって言いふらしてやるからね！」

津々良が言い返さないのをいいことに、和田の母親はどんどん勢い込んでいった。

そのあまりの言い草に紗雪はカッと頭に血が上り、もう黙っていられなくなった。

「津々良さんは詐欺師じゃありません！　問題が解決しないのは、その子たちに自殺した少年の霊が憑いているからです！　人を死に追いやったくせに、被害者面しないで！」

我慢できなくなった紗雪は、思わず叫んでいた。おそらく、生まれて初めて出した大声だろう。おとなしく、控えめに生きてきた。大きくなるにつれ自己主張が苦手になり、虐げられるにつれて声は小さくなっていった。

だから、今大きな声を出すのはとても勇気がいることだった。

紗雪の叫びを聞いて、少年たちは顔色を変えた。和田の母親も、焦ったような表情になる。

紗雪の大声に驚いたわけではないだろう。それなら、紗雪が指摘したことが正しいということだ。津々良は驚いたのか感心したのか、片眉をぴくりと上げて面白がるような表情で紗雪を見た。

「……何よ。うちの子を脅すために調べたの？　そこまでするなんて……」

「そんなことしなくてもわかる！　だって、その子たちの後ろに、黒の学ラン姿の男の子がいるんだもの！　襟に金の縦ラインが二本あって、校章が銀の刺繍で入った学生服を着ています。彼の首には縄がついていて……」

「なっ……」

紗雪の言葉に和田の母親が食ってかかろうとしたが、後ろにいる息子たちの様子を見てやめた。

少年たちは一様に顔を青くして震えていた。それを見れば、紗雪の言ったことが当たっているのがわかる。当たっているも何も、紗雪は見たままを言っているだけなのだが。

「……あいつ、やっぱりいるのか。許してくれ……もう許してくれ……」

和田少年は激しく震えながら言った。他の少年たちも頭を抱えたり、自身の肩を抱いたり、すっかり怯えきって泣きながら懺悔《ざんげ》している。

和田の母親は自分の息子たちが取り乱すのを見て、どうしていいかわからなくなっているようだ。

紗雪は、それらを冷ややかな思いで見ていた。こんなふうに泣いたり取り乱したりするのだって、きっと一時的なものだ。喉元過ぎれば熱さ忘れるように、もし津々良がこの場を収めるようなことがあれば、間違いなくすぐに日常を取り戻すだろう。

津々良に、この事態を収める気があればだが。

「うちの息子たちは、確かに同級生を追い詰めるようなことをしました。それは認めます。でも、どうして……？　あの子はまだ生きてるのよ！　死んでない！　意識は戻ってないけど、一命は取り留めたの。だから殺してない！　うちの息子は殺してないのよ！　なのに、なんでこんな目に……」

和田の母親は震えながら言った。その震えは恐怖によるものなのか、怒りによるものなのか、取り乱した様子からはわからない。

和田の母親の言葉で、少年がまだ生きていることがわかってほっとはしたが、だから何だというのだろうかと紗雪は思った。

　首に縄のかかった少年は依然としてそこに立っているし、目の前の和田少年たちが彼を自殺するまでにいじめて追い詰めた事実は変わらない。むしろ、彼が死んでないからこそ、こんなふうに他人事のような態度で、被害者ぶっていられるのだろう。それがわかって、紗雪は腹が立って仕方がない。

「どうやら彼は、君たちを恨んでいるわけじゃないようだ」

　それまでずっと黙っていた津々良が口を開いたかと思えば、出てきたのはそんな言葉だった。それを聞いて、少年たちがにわかに活気づく。だが、それに続く津々良の言葉はずいぶんと辛辣だった。

「彼は、一緒に〝遊びたいだけ〟と言っている。だから、これからももっと仲間を連れてくる、と。よかったな。今後も君たちの人生に退屈はないだろう」

　津々良の言葉に、少年たちが声も出せずに絶望するのがわかった。この言葉に重みを感じるくらいには、怖い思いをしているということだろう。

「君たちがたとえ本当に心の底から後悔しようとも、詫びの言葉を口にしようとも、君たちがしでかした罪が消えることはない。それでも償《つぐな》いたいと思うなら、まずはしかるべき場所に赴いて謝罪することから始めるのが筋じゃないのか。そして、償いは一生続くのだと肝に銘じろ。……今回は、運よく相手の命が失われていないからよかっただけだ。君たちの運ではなく、彼の運だがな。命は、失われたら戻ってこないんだ。彼が死んでいないからといって、君たちの罪が軽くなることはない。その事実から目を逸らすな」

突き放すような、それでいてしっかりと背中を押す津々良の言葉は、きちんと彼らに届いたらしい。少年たちは泣きながら、神妙な顔で何度も何度も頷いた。母親にも響くところがあったのか、「すみません」と小声で言って頭を下げた。自分の息子が追い詰めた少年やその親御さんにも、こうして頭を下げてきちんと詫びを口にしたのだろうかと紗雪は一瞬考えた。

今救うべきはこの人たちではなく、まだ生きている少年だ。津々良が和田少年たちにもう構う気がないのなら、自分も気にかけるべきでないと気持ちを切り替えた。

「……さて。次は、君の番だな。そんな目で見るな。あんなのについていって、いいことなんかないからな」

和田少年たちを帰したあと、再び応接間に戻ってきた津々良は一点を見つめて言った。目が金色に光っている。そこにいるのは、動けなくなっている少年だ。自分を苦しめた人間たちについていこうとしたのを、津々良が何らかの方法でここに留《とど》めている。ギチギチと苦しげに動いているところを見ると、やはりこれは本意ではないのだろう。

「あの、津々良さん……彼は、いじめの被害者です。追い詰められて苦しんでるのに、こんなふうに縛りつけるのは……ちょっとかわいそうです」

何か言ってあげたくて紗雪は口を開いたのだが、すぐに間違いだったと気づく。向けられた津々良の視線が驚くほど冷たかったのだ。

「もとがいじめの被害者だったとしても、このまま野放しにすれば生きている人間に害をなす。だから、彼にしてやるべきは安い同情などではなく、あるべきところに戻るよう諭して送ってやることだろう」

「戻すって……彼は今、どうなっているんですか？　死んでないのなら、霊ではないんですよね？」

「簡単に言うと、幽体離脱のようなものだ。肉体から魂が抜け出てしまっているから、戻せば意識も戻るはずだ。……こんなに穢《けが》れていては、戻せないがな」

そう言って津々良は、低く響く声で何事かを唱え始めた。

その響きは、お経に似ている。だが、紗雪がこれまで聞いたことがあるどのお経とも違っていた。

体の奥にずんと届くような読経《どきょう》が部屋を満たすにつれ、少年の魂がまとう黒いものは剝がれ落ちるようにどんどん薄くなっていった。顔を覆っていたマーカーで塗りつぶしたような黒い汚れも、最後にはなくなった。

「君が死んだところで、君を苦しめた奴らは変わらない。見てわかっただろう？　あいつらを追い詰めたところで、君が本当の意味で楽になれる日は来ないさ。ああいった手合いは懲りない、反省しない、真の意味で身にしみるということはない。それなら、生きたほうがいいと思わないか？　こうして死なずに、失われずにいる命だ。復讐は無意味だなどと言うつもりはないが、復讐より有意義なことは多いと思うんだ。できればその命は、君が楽しくなれることに使ってほしいと私は思う」

少年の魂は、じっと津々良の話を聞いていた。津々良の言葉が響いたのかどうなのかわからないが少年の霊はどこかへふっと歩きだすような動きをしたあと、見えなくなった。

「……よかった。あの子は、救われたんですね」

すべて見届けた紗雪は、思わずといったように呟いた。まとっていた禍々しいものが消えたということは、きっと迷わず肉体に戻れたのだろうと。だが、津々良は静かに首を振った。

「彼にとって、救いとは何だろうな。私は彼の魂を肉体に戻るよう諭しただけ。いじめられて傷ついた心を癒やしたわけでも、これからを強く生きる術を授けたわけでもない。これから明るく楽しく生きられるかどうかは、彼次第だ。私がしたことは、もしかしたら彼にさらなる苦しみを与えることかもしれない。だが、生きていればこそできることがあると思うから、ああしたまでだ。それを安易に救いと呼ぶのは、おこがましいと私は思う」

「そんな……」

「本質的な意味では、人に人は救えない。救われるきっかけになることはできてもな」

津々良が疲れたように言うのを聞いて、紗雪は何も言えなかった。ただ悲しくて苦しくて、どうしたらいいのかわからない感情を抱えて、泣くことしかできなかった。

少年の魂を送ってからというもの、紗雪の心はずっと不調をきたしていた。少年のせいというより、彼を追い詰めたいじめっ子たちと対峙したことがいけなかったらしい。

激しいいじめに遭っていた頃のことを、夢に見てしまった。

紗雪はもう、いじめられて震えていた十代の少女ではない。学校という小さな社会に閉じ込められて、そこで息を殺して生きていかなければならない弱い存在ではない。行こうと思えばどこにでも行けるし、逃げる術もある程度は知っているつもりだ。

だが、あのいじめの首謀者たちと向き合って、自分が何も克服していないことを思い知らされた。学生時代の嫌な体験を夢に見たのが、その証拠だ。

和田たちに追い詰められた少年のことを思うと、紗雪は他人事とは思えなかった。だからこそ、あの日からずっと痛みを抱えている。

「あ、夜船……」

庭の掃除をしていると、トコトコとどこかから夜船がやってきた。夜船は紗雪に声をかけられるや否や、「シャーッ」と威嚇の声を上げ全身の毛を逆立てると、激しい勢いのまま、どこかへ行ってしまった。

もともと、愛想のいい甘えたがりな猫ではない。それでも、紗雪がこの場所に馴染むのにつれて、近くに来ると撫でさせてくれたり、何か話しかけるとじっと聞いてくれたりしてくれるようになっていたのだ。だから、あんなふうに拒絶されるととても傷ついてしまう。

「あらあら。あの餡子《あんこ》猫さんは、ご機嫌斜めだったわね。まあ、猫だもの。仕方がないわ」

「佐田さん」

紗雪がしょんぼりとしながら掃除を再開しようとすると、佐田が近くまでやってきていた。

「餡子猫って、何ですか？」

「黒猫のことをそう呼ぶのよ。それに引っかけて、尊さんはあの子に〝夜船〟って名付けたのね。夜船って、おはぎの夏の呼び名なの。きっと春に拾ったのなら〝ぼたん〟、秋に拾ったのなら〝おはぎ〟、冬なら〝北窓〟になったんでしょうね」

「へぇ……」

夜船の名前の由来がわかったことで、津々良がずいぶんと風流な名付けをしたことがわかった。もしくは、ただの甘党なのかもしれないが。

「さて、猫ちゃんにつれなくされて落ち込んでいる紗雪さんに、手伝ってほしいことがあるのよ」

ニコニコ笑って、佐田は手招きした。そうして連れられていったのは台所の勝手口で、そこには大量の買い物袋があった。

「こんなにたくさん……すみません、重い荷物をひとりでここまで持たせてしまって」

「いいのいいの。荷物を運ぶのを手伝ってもらいたいのももちろんあったけど、そうじゃなくて一緒にお料理がしたいのよ。落ち込んだり、むしゃくしゃしたりしたらお料理よ。作業に集中している間は、とりあえず嫌なことを考えなくて済むから」

「はい」

佐田に促され、紗雪は荷物をまず台所に運び込んだ。袋はそれぞれずっしり重く、何かがゴロゴロしている。見ると、袋には大量のジャガイモが入っていた。

「たくさんのジャガイモ……もしかして、コロッケですか？」

「そうよ。ふかしたらつぶして衣つけて揚げればできるから、初心者でも丁寧に作れば派手な失敗はしない料理よ。コロッケは好き？」

「はい、大好きです」

「それはよかった」

それから紗雪と佐田のふたりは、並んでジャガイモの皮を剝いた。

津々良家の台所は数人が同時に立ち働くことを想定されているのか、ふたりが並んでも狭さを感じることはない。そこで並んで黙々と、紗雪はピーラーで、佐田は包丁で皮を剝いていった。

皮を剝き終えてから、今度はそれを鍋で湯がいていく。グツグツと沸騰させて、竹串を刺してスッと入るようになるまで。

「さあ、今度はこれを潰していきますよ。力がいる作業だけど、やっているうちにスカッとするから、やってみて」

「は、はい」

ポテトマッシャーを渡されて、紗雪はそれでボウルに入ったジャガイモを潰していくことになった。いくら柔らかく火が通っているものでもきれいに潰すのは難しく、最初はなかなかうまくできなかった。だが、何度も繰り返すうちに力が入りやすい角度というものがわかってきて、潰す速度も上がっていった。

「すっかり潰してしまったら、次は味付けね。本当なら野菜やお肉とか具材を入れるものなんだけど、今日はコーンの水煮で済ませてしまいます。その代わり、塩コショウ味とカレー味の二種類作りましょう」

「はい」

潰したジャガイモに水切りした缶詰のスイートコーンを混ぜ、味付けをし、今度はそれを小判形に成形していく。粘土細工のように力を込めるわけにもいかないため、初めのうちはボロボロになってしまったが、数をこなすうちになんとか形を整えられるまでになった。

「ここのところ元気がないみたいだけど、何かあったの？　ここに身を寄せているのだから何か事情があるのは、もちろんわかっているんですけどね」

衣をつけたものを油で揚げながら、佐田がさりげなく尋ねてきた。

「もしかして、津々良さんが……？」

「そうなの。何かおいしいものを食べさせてやってくれって。尊さん、心配してるんですよ」

食事の際に顔を合わせるものの、特に話はしないため、心配されていることには気がつかなかった。だが、猫の夜船に威嚇されてしまうほど陰気な空気をまとってしまっていたくらいだ。顔を合わせている津々良が気がつかないわけがないとわかり、紗雪は無性に恥ずかしくなった。

この悩みは、紗雪の弱さにまつわるものだ。だから本当は口にしたくないのだが、話さないわけにはいかないだろう。

「この前、高校生が数人、親に連れられて依頼に来たんです。心霊スポットに行ってから怪奇現象に悩まされているってことで。その人たちには自分たちが自殺未遂に追い込んだ少年の魂が憑いていました。つまり、いじめっ子だったんです。それで、そのいじめっ子と顔を合わせたことで私は、自分の嫌な体験を思い出してしまって……」

言いながら、紗雪は動悸がしてきていた。ここにいじめっ子はいないのに。目の前にしなくても頭に思い浮かべてしまう程度には、記憶に刻み込まれている。

いじめの被害を受けたことで、紗雪は相手の顔つきや雰囲気を見ると、その人がいじめっ子気質か否か判断することができるようになっていた。嫌な特殊能力だが、そのおかげで短大時代は人間関係をうまく選ぶことができた。しかし、そんなことができてしまえるほど、自分の心が傷を負っているという証明のようにも思えて、憂鬱にもなっていた。

あの高校生たちは、顔を見るだけで苦手な部類だとすぐに見抜くことができた。事情がわかると、やっぱりなと納得した。

そして、こんなことが見抜ける上、嫌な記憶が蘇る自分はまだ、弱くて泣いていたあの日から成長していないのだと思い知らされて、気持ちが沈んだのだ。

「つらい体験を思い出してしまったのね。それは、気持ちが沈んで当然のことね」

菜箸を持っていないほうの手で、佐田は紗雪の背中を優しくトントンと叩いてくれた。あたたかい手だった。

しかし、紗雪がこうして誰かに慰められたのは数少ない経験だ。

「ずっと心が癒えないまま、苦しい思いを抱えて生きてきたのね。……お父さんやお母さんは、話を聞いてくれなかったの？」

「話しました。でも、うまく伝わらなかったみたいで……わかってもらえませんでした」

「世の中には、いじめっ子にもいじめられっ子にもならない人がいるものだからね。そういう運のいい人の中には、他人の痛みにひどく鈍感な人もいるの。……それでも、自分の子供の痛みには敏感でいてほしいものだわ。そうじゃなきゃ、子供はずっと傷ついたままだもの」

佐田が紗雪に穏やかな声で語りかけるうちに、油の中でコロッケはカラリと揚がっていく。こんがりとした色になっていくにつれ台所の中にはおいしそうな匂いが満ちていき、紗雪は食欲が刺激されるのを感じていた。

「おいしい食べ物の前ではどんな悲しみも力をなくす！　と言いたいところだけど、難しいわね。でも、おいしい食べ物が悲しんでる心に寄り添えることはあると思う。だから、今日のお夕飯のときにコロッケを食べながら、尊さんに悩みを話してみるといいわ」

皿数枚にこんもりとコロッケの山を築き上げ、佐田はどこか達成感に満ちた顔で言った。横で手伝っただけだが、紗雪もやりきったような気持ちになっている。それに、胸の内を話す前と比べて軽くなっているように感じた。

「……心配をかけたままなのは申し訳ないので、ちゃんと話してみます」

佐田と彼女が作ってくれたコロッケによって少し気持ちが上向いた紗雪は、自分の抱えているものを津々良に話してみることにした。

きっと、話してどうなることでもない。それでも、津々良のもとに身を置いている以上、彼に悩みを話しておくのは必要なことだと思ったのだ。


「うまいな。うん、たいしたものだ」

夕食の席で、津々良はコロッケをひと口食べて言った。席に着いてコロッケを前に目を輝かせていたのを見て気づいていたが、どうやら津々良もコロッケが好物らしい。

「佐田さんと一緒に料理をして、少しは気持ちが晴れたのか。顔色がマシになっているな」

「……そんなにひどかったですかね。すみません。でも、確かに元気になりました。あの……ここ数日、態度がおかしくてすみません」

紗雪がペコリと頭を下げれば、津々良は気にしていないというふうに首を振った。実際は佐田に紗雪の様子を話していたくらいだから、気にしていないということはないのだろうが。

「私、高校生の頃、いじめに遭っていたんです。その期間、ところどころ記憶がない部分があるくらい、とにかく大変な日々で……何の偶然かいじめっ子たちが次々といなくなるときまで、ずっと続きました。そのことを思い出してしまって、それで落ち込んでいたんです。高校生の頃から何も変わっていないんだなって……」
紗雪は、佐田に話すことでまとめることができた自分の気持ちを話した。
和田たちと対峙して気持ちが沈んだのは、彼らの雰囲気が自分をいじめた者たちを彷彿《ほう》
とさせて怖かったからではなく、未だに自分があの頃のことを怖かったと感じる事実に、だ。

もういい大人のはずなのに。もし同じ目に遭っても、逃げることはできるはずなのに。それでもやはり怖いと思ってしまうことが紗雪は嫌だったのだ。

「そうか。嫌な記憶を思い出して、苦しかったんだな」

コロッケを食べる手を止めて、津々良は言った。難しい顔をしているなと思ったのは、どうやら言葉を探していたらしかった。

「でもまあ、過去の記憶に縛られてやる必要はないんじゃないか。渡瀬さんを縛りつけているのは、いじめてきた奴らじゃない。あなた自身だ。そこから解放されて、楽になっていいと私は思う。忘れろとか、いじめていた奴らを許してやれという意味ではなくな。自分のために、楽になる。……生きていたら、それができるのだから。我々が救えるのも、生きている者だけだからな」

慎重に紡《つむ》がれる言葉を聞いて、これは紗雪のことだけでなく、あの少年のことを言っているのがわかった。

紗雪は生きているから、死なずにやってこられたから、楽になることができるのだと。救えるのは生きている者だけだと津々良が言ったのは、きっとそういうことだ。

「たぶん、楽になるというのがどういうものかわからないと思うが、簡単に言えば、今生きていることを、つらい日々を経験してなお生き延びることができたことを、喜ぶということでいいんじゃないか。つらい経験をした者は、幸せになることにひどく臆病だったり、逆にこれまでの不幸を塗り替えようとひと足飛びに大きな幸せを手にしなくてはと肩に力を入れすぎたりする。だが、ただ今を生きているということを喜ぶだけでも、十分なはずなんだ」

どうやったら紗雪に伝わるだろうかと、津々良はしっかりと考えながら言っているのがわかった。言葉選びに失敗して傷つけたくないと思ってくれているのが、よく伝わってくる。佐田もそうだ。津々良は見た目よりもうんと繊細に言葉を選ぶ人で、その繊細さこそが紗雪の両親に足りないもので、それが紗雪を傷つけたものだった。

「つらい経験をしたのに、今日まで生き延びてこられて、偉かったな。よく頑張った」

「……はい」

津々良はこれ以上何も言うことが思いつかなかったのか、少し考えてからそう言って、手招きした。紗雪が箸を置いてそばに行くと、頭を撫でてきた。その手つきはぎこちない。きっと、そんなふうに誰かの頭を撫でることに慣れていないのだろう。

だが、紗雪にとっては誰かに頭を撫でられるのは久しぶりのことで、そのぎこちなさを含めて嬉しかった。これがどうでもいい、ましてや嫌いな存在にされた行為だったなら、寒気がするほど嫌なことだったのだろう。だから、頭を撫でられて嫌ではない程度には、津々良のことを信頼しているのだと紗雪は気がついた。

「それと、私が詐欺師と罵《のの》られたことに腹を立ててくれたのには、感謝している。ああいうのには慣れてはいるが、まあ嬉しかった。渡瀬さんが身近な人間のために腹を立て、その人の名誉のための怒りを表明できたということがな。誰かのために怒ることができたのなら、まだまだ大丈夫だ。もっと自分を誇ってもいい」

穏やかな笑みを浮かべながら、津々良は大皿から紗雪の取り皿にコロッケをひとつふたつと盛っていった。頑張ったから、そのご褒美ということだろうか。

まっすぐに褒められたことで、紗雪は自分のことをほんの少し、誇らしく思うことができた。

第三章

花、雲と嵐を退けて

Ogamiya tsudura
kaikiroku

うんと冷え込むことが減ってきて、冬の終わりは近づいてきているとわかる頃。

庭に咲いた梅の花を、紗雪は夜船と共に見ていた。

「夜船さん、わかります？　これが梅の花です。桜と比べて地味だけど、いい香りがするんですよ」

紗雪は夜船を抱きかかえて梅の花に顔を近づけさせてやったが、よくわからなかったようだ。しばらくじっと眺める素振りを見せたが、そのうち飽きたようにふいっと顔を背けた。そして何より寒かったらしく、紗雪の腕から抜け出すと、スタスタと縁側から家の中に戻っていってしまった。

「あー、夜船さん。足、拭いてから……また掃除しなくちゃ」

外から家の中に上げるときは足を拭いてやりたいと思うのに、夜船はなかなかそれをさせてくれない。愛犬ナナとの暮らしを思い出して、猫と犬との違いを思い知らされることばかりだ。

それでも、犬派の紗雪が猫を可愛いと思うようになるくらいには、夜船とは少しずつ仲良くなれていると思う。

「渡瀬さん。しばらく蔵と離れの掃除はしなくていいからな。というより、私がいいと言うまでそのあたりに近寄ってはいけない」

夜船が歩き回ったあとを雑巾で拭いていると、なんだか疲れた様子の津々良がやってきて言った。

「わかりました。何かあったんですか？」

津々良に言われれば素直に従うつもりはあるが、ひとまず理由が気になった。近づいてはいけない理由もだが、津々良が疲れている様子なのも、だ。

「厄介な呪物が持ち込まれたんだ」

「じゅ、じゅぶつ？」

「呪術に使うための道具だ。悪影響が出てはいけないから、とにかく近づかないでくれ」

理由を聞くと、途端に怖くなってしまった。ここが拝み屋である以上そういったものが持ち込まれることもあるのはなんとなくわかっていたものの、いざ本当にその存在が身近にあるとわかると恐ろしくなる。

「それって、津々良さんが処理するんですか……？」

津々良が拝み屋であることはわかっているが、毎日一緒に食事をして、生身の人間であることもわかっている。だから、危ないものに近寄ってほしくないと思った。

「いや、うちでは一時的に預かるだけだ。呪物はちと、専門外というか、もっと得意な人がいるからな。そこの受け入れ体制が整うまで、ここに置いておくだけだから安心しなさい」

「一時預かり……そんなこともあるんですね」

「それは、あるだろう。寺が私のところに連絡して依頼を回すことがあるように、その逆で私のところへ来た依頼をしかるべきところに回すこともある。どこの業界でもそうだが、そういった繋がりはあるものだ」

「へぇ……」

得意分野に応じて仕事の分担があるというのは非常に理に適《かな》っているが、そういったことがこの業界にもあるとわかると不思議な気持ちになった。そして、津々良の得意分野が何なのだろうと、ふと気になった。

「あの、津々良さんは、何系の人なんですか？　祝詞《のりと》っぽいものをあげていたり、お経っぽいものを唱えていたり、あと、お札を書いていたりするじゃないですか」

「ぼーっとしているように見えて、意外と鋭いのだな。いい質問だ。そうだな……確かに神道系や仏教系というと、何を拝むかで分かれているところが多い。だが私は、それでいうとどちらともいえるし、あえて分類するなら修験道《しゅげんどう》に近い。まあ、実際は畑違いなところからやってきた、どっちつかずの若輩者《じゃくはいもの》だがな」

紗雪がそんなことを尋ねるとは思わなかったのだろう。津々良は一瞬面食らった顔をして、それから考えながら答えてくれた。

畑違いとか若輩者というのは、前職——祓い屋だった頃の話だろうかと思ったが、津々良は忙しそうにしていて、それ以上のことは聞けずじまいだった。

「とにかく、しばらく蔵の周辺には近づかないように。掃除もいいから、近づくんじゃない。夜船もだ！」

そう言い置くと、津々良はまたどこかへ行ってしまった。残された紗雪は少しの間考えて、それから複雑な気分になった。

「……私、心配のされ方が猫と一緒……」

津々良家の敷地が広いとはいえ、蔵周辺と離れの掃除がなくなるとずいぶん時間に余裕ができてしまう。

時間に余裕ができると自分がこの一か月程をずいぶんとのんびり、というより環境に甘えきって過ごしてきたのを自覚して、途端に焦りが出てきた。

このままではずっと社会復帰できなくなるのではと不安になって、紗雪は今日、津々良に断ってから市街地まで出てきていた。何かあったときのためにと、護符を持たされている。

外に出なければという思いもあったが、それよりもずっとしつこく連絡してきていた人と、一度会っておこうと思ったのだ。

「すみません……お待たせしてしまって」

待ち合わせに指定された喫茶店に行くと、そこにはすでに相手が待っていた。まだ待ち合わせには十分以上余裕があるため油断していたが、すでに注文した飲み物がテーブルの上にあるのを見ると、ずいぶん待たせてしまったようだ。

プライベートで会うのは初めてのため、相手の私服を見るのも初めてだった。タートルネックのニットにジャケットとジーンズを合わせた服装はかなりオシャレで、適当に寒くない格好をしてきた自分とは気合いの入り方が違うように紗雪は感じた。

「遅いよ、渡瀬さん。これが仕事相手だったら大失敗だ。僕だから、怒らないけどどね」

待ち合わせの相手・久川《ひさかわ》は、そう言って紗雪を迎えた。

すみませんと謝ったものの、待ち合わせ時間の十分前に到着するのは紗雪の中では常識の範囲内だ。だが、いつでも些細なことで相手を〝常識のない人間〟扱いしてくるこの男が、紗雪は苦手だった。そのことを今改めて思い出して、早くもうんざりしている。

それに、いつも笑っているように見えるその細い目が全く笑っていないことに気づいてからというもの、なんだか薄気味悪さも感じている。

　とはいえ、会社にいた頃は世話になった人だし、意地悪をされたわけでもなかったから、しつこく誘われるうちに一度くらい会わなくてはいけないのではという意識にさせられていたのだ。

「なかなか返信くれないから、心配したよ。病気にでもなってしまったのかと思った。だって……ねえ？　あんなふうに会社を辞めちゃったから、てっきり心を病んだのかと思って」

「いえ、そういうわけでは……」

「まあ、病んでるならなおさら外に出さなくちゃと思って、何度も誘ったんだよ。閉じこもり癖がついたら大変だからさ」

　久川は、自分のことを百パーセント善意の人間だと思っている節があると、前々から紗雪は感じていた。確かに、平気で嫌がらせをしたり冷たくしたりしてくる人間たちがいた会社で、久川は紗雪をいじめなかった人間だ。だが、だからといって久川をいい人だと思うことは、どうしても紗雪にはできなかった。

　こうして顔を合わせるまでは、性格の合う合わないの問題かと思ったが、少し話すだけでもわかってしまった。発言を聞けば、久川が優しくないのはわかる。紗雪が実際に外出もままならないほど心を疲れさせている人間だったのなら、今の彼の発言にひどく傷つけられただろう。

紗雪は、もうすでにここに来たことを後悔し始めていた。

「辞めて一か月経つけどさ、転職のほうはどうなの？　もう決まった？　てか、どこ住んでんの？　会社が借り上げてたとこ行ったら、いなくなっててびっくりしたよ。引っ越しする金銭的余裕、あったんだなって」

「いえ、仕事はまだ……。住むところは、知り合いの方がしばらくはいていいと言ってくれたので、そこに。会社に借りてもらってるところに、住み続けるわけにもいきませんから」

「え？　転職活動してないんだ？　しかも、知り合いのとこに住んでるって？　いいご身分だなー。普通の社会人なら、そんな生活は許されないってわかってるー？」

自分を善意の人間だと信じて疑わない久川は、いつだってまっすぐに言葉をぶつけてくる。それがかなり正論のこともあるため、今の紗雪の耳には痛かった。

曖昧《あいまい》に笑ってごまかして、紗雪はひとまず紅茶を注文した。店員が注文を取りに来るまでの短時間に、もうずいぶんと久川からの攻撃を受けてしまった。

なるべく顔に出すまいと努めているが、久川の生き生きとした様子を見る限りうまくいってはいないのだろう。前々から、この人は自分の発言で人が嫌な気持ちになるのが楽しいタイプなのではないかと感じていたが、その印象はどうやら間違いではないらしい。

以前なら、少しきついことを言われてもそれでこの人が上機嫌でいられるならいいかと思っていた。しかし今は、この人の言葉に傷つけられても、それを本人に悟らせるのはなんだか癪《しゃく》だと感じている。これ以上、絶対に喜ばせてなるものかと思っている。

「あれ、もしかして怒ってる？　ちょっと厳しいこと言いすぎちゃったかな？　ごめんごめん。会社を辞めてもさ、渡瀬さんは可愛い後輩だから、先輩としていろいろ言いたくなっちゃうんだよねー。非常識のままでいたら、渡瀬さん困るだろうと思って」

紗雪の表情が硬いのに気がついたのか、久川は様子をうかがうように言ってきた。機嫌が直るポイントではなく、より嫌がることを言おうと探っている感じだ。

「あの、ご忠告ありがとうございます。それで……久川さんは今日はどんなご用事ですか？　私の近況を聞きに来たのでしたら、残念ながら芳《かんば》しい報告はできないんですけれど」

これ以上どんなジャブも打たせてなるものかと、紗雪は精一杯のガードの姿勢を取った。だが、久川はそれに気がついた様子もなく、なぜか嬉しそうに笑っただけだった。

「そっかそっか。近況報告じゃなくて、ふたりのこれからの話がしたいってことか。渡瀬さんのそういう奥ゆかしいとこ、僕は可愛いって思うけどさ、もっとはっきり言わないと普通はわかんないよ？」

頬杖《ほおづえ》をついて自分に酔っているような口調で言われ、紗雪は全身に寒気が走った。

「ふたりのこれから」だとか「奥ゆかしいところが可愛い」とか、意味がわからないことを言われて怖くなる。

「えっと……すみませんが、何をおっしゃっているのかわからないんですが……」

「またまたー、とぼけちゃって。たぶん、気がついた僕から言ってあげないと渡瀬さんはあきらめちゃうだろうと思って、今日こうやって時間を作ったんだけどな。我ながら、親切だよね」

細い目でじっとりとこちらを見つめながら、久川はわけのわからないことを言い続ける。性格が合わないとは前々から感じていたが、会話がここまで噛み合わなかったことはない。

言われている内容はまるでわからないのに、紗雪はなんとなく嫌なものを感じ取っていた。嫌だと感じたせいかもしれないが、頭に鈍い痛みが走るようになった。

「まあ、こういうのはまだまだ、男のほうから言わなきゃいけない時代かな。……渡瀬さん、僕のこと好きだよね？　だからさ、付き合ってあげてもいいけど」

「……え？」

一瞬、何を言われているのかわからなかった。だが、もう一度言われたことを反芻《はんすう》し、目の前のにやけた久川の顔を見て、ようやく理解できた。

「ち、違います！」

「いやいや。もう恥ずかしがらなくていいから。気づくのが遅かった僕も悪いけど、渡瀬さんももうちょっとわかりやすくアピールしてくれないと。気持ちってのは、言葉にしなくちゃ伝わらないんだから」

「好きじゃないです！　勘違いです！」

「ツンデレだなあ」

何を言っても伝わらないのだと思って、紗雪はめまいがしてきた。はっきり意思表示をしたにもかかわらず、それが久川の中では『ツンデレ』とやらになるらしい。これでは、たとえ「嫌い」と伝えても、素直になれない裏返しと受け取られかねない。

自分を圧倒的善意の人間で間違うことがないと信じている久川は、思い込んだらとことんなのだろう。きっとこの男の頭の中では定まったストーリーが存在していて、その筋書きに反する受け答えはすべて修正されてしまうに違いない。

何を言ってもおそらく無駄だとは感じているが、その勘違いにいたった理由は聞いておこうと紗雪は考えた。

「……私が久川さんを好きなんて……どうしてそんなこと思ったんですか？」

「いやー、気づいちゃったんだよね。……渡瀬さんの近くにいたのに、僕だけ怪我をしたり病気になったりしていない。つまりこれって、渡瀬さんは僕のことが好きだから、僕のことだけ呪わなかったんじゃないか、ってね」

「の、呪い……⁉」

久川の口から出た言葉があまりに思いがけないもので、紗雪は驚いてしまった。そうして焦るのを見て、久川はさらに笑みを深める。

店員がそのタイミングで紗雪が注文したものを運んできた。落ち着こうと思ってその紅茶に口をつけたが、味すらわからないほど動揺していることを自覚させられただけだった。

「だって、どう考えても呪いでしょ？　不幸な目に遭った連中なんて、みんな渡瀬さんにひどいことした奴らじゃん」

驚きすぎて紗雪が何も言えないのをいいことに、それから久川は紗雪自身が全く気がつかなかったことを次々と暴露した。会社内の人間関係にとどまらず、恋人のことまで。

「渡瀬さんの彼氏の浮気のことはね、調べたから知ってるんだけど。いや、たまたま知り合いのいる会社に渡瀬さんの彼氏もいるってわかって、知り合いに彼のことを聞いてみたら、同じ社内に付き合ってる子がいるって話だったからさ。その話を聞いたとき、やっぱり渡瀬さんの呪いなんだろうなって確信したんだ」

「たまたまって……そもそも私、久川さんに恋人の話とか一度もしたことないんですけど……」

「あれー？　そうだったかなー？」

火傷を負った先輩社員や、傷がもとで数日間高熱に悩まされた上司は、確かに紗雪が認識するほどに嫌がらせをしてきていた人だ。だが、駅の階段から落ちて足を捻挫《ねんざ》した同僚が実は陰で紗雪の悪口を広めていたなんてことも、車の事故に遭った恋人が浮気をしていたことも、全く知らなかった。

誰かを呪ったと言いがかりをつけられただけでもショックだったのに、そんなことまで知らされてしまって、紗雪は激しく動揺していた。それに、久川があまりにも紗雪についてい詳しいのが気持ち悪い。

「周りがどんどん怪我したり病気になったりしていく中で、ふと気がついたんだよね。あれ、僕だけ無事だなって。で、それだけじゃまだ確信に至らなかったんだけど、渡瀬さんが会社辞めたことで完全に理解したよね。——あ、あの子、僕のこと好きなんだ。だから社内恋愛になっちゃまずいから退職したんだ、って。わかりにくいけど、気づいちゃった以上は気持ちに応えてあげないとなー」

久川がうっとりと笑みを浮かべて言うのを聞いて、紗雪は一気に全身が寒くなるのを感じた。怖気《おぞけ》が走るとは、まさにこのようなことをいうのだろう。

紗雪が恐ろしがっていることになど気づかず、久川はニヤニヤしながら見つめてくる。震えているのを、恥じらっているとでも勘違いしているのか。紗雪の反応を満足そうに見ているのが腹が立つ。

だが、その腹立ちを込めて睨みつけても、きっと都合よく解釈されてしまうのだろう。そう思うと、怖くて、悔しくて、どうしたらいいかわからなくなった。

「このあと、食事に行こうよ。うちの会社、なかなか休みがないだろ？　だから、こうして会えたときにちゃんと一緒にいる時間を持たなくちゃ」

「いえ、帰ります」

「そんなこと言わないで。……食事のあと、ふたりきりになれる場所に行こうよ。渡瀬さん、彼氏いたって言ってもこういうのきっと不慣れだろうから、僕がきっちり教えてあげるからね。いいんだよ、恥ずかしがらなくて。女の子なんて、初心《うぶ》なくらいが可愛いんだから。ちゃんと、僕の好みに仕込んであげる」

「……離してください！」

手を握られ耳元に唇を寄せられたのには、さすがに耐えられなかった。紗雪は久川の手を振りほどき、その勢いのまま席を立った。

「私、久川さんのこと好きじゃありません。むしろ、嫌いになりました！」

伝票を掴み、紗雪は会計を済ませて店を出た。久川が何か呼びかけてきていたが、内容は頭に入ってこなかった。

あまりにも頭に血が上って、耳の中までドクドクと脈動が響いているようで、聞こえが悪くなっていたのだ。

屈辱だった。人間として、女性として、尊厳を踏みにじられたような気がして、紗雪は怒りに震えながら歩いた。怖かったのも当然ある。だが、この震えは恐怖以上に怒りによるものだと、初めての経験ながら紗雪はわかっていた。

怒りに頭が沸騰しそうになっていたから、喫茶店を出てからどう帰り着いたのか、いまいち記憶がなかった。それでも、気がつくと紗雪は電車とバスを乗り継ぎ、津々良家のある町まで戻ってきていた。

初めてやってきた日、あまりにずっと続いているからひとつの敷地のものだとは思わなかった竹垣が見えてきたとき、ほっとして紗雪は思わず立ち止まった。

立ち止まると、恐怖と屈辱が再び鮮明に蘇ってきた。

好きだと告白されたのなら、こんなに嫌な気分にはならなかっただろう。そうではなく、久川はあくまで紗雪が自分のことを好きで、それなら付き合ってやってもいいという姿勢だった。しかも、そんな勘違いをした理由は、紗雪が自分だけを呪わなかったからという、とんでもないものだ。

だが、紗雪が久川の発言をここまで嫌悪し、恐怖しているのは、その言葉を全否定できなかったからだ。

呪っただろうと言われて咄嗟《とっさ》に違うと言ったが、深く考えるとわからなくなってしまった。久川の言うように不幸に見舞われた全員が紗雪に何らかの悪意を持っていたというのなら、そんな彼らを紗雪が無意識に呪っても、不思議ではないと思ってしまったのだ。

もしそうだったらどうしようと思うと、ものすごく怖かった。それこそ、久川にひと足飛びにもほどがある提案をされたときに感じたものよりも、さらに強い恐怖を。

「おお、帰ったのか。おかえり。楽しかった……様子ではないな」

灯りのともった門をくぐり玄関を開けると、すぐに津々良が出迎えてくれた。ちょうど通りかかったのかと思ったが、どうやら違うようだ。おそらく、そろそろ紗雪が帰ってくる頃だと思って、待っていてくれたのだろう。

そんなふうに津々良が待ってくれていたことに、出迎えてくれたことに、紗雪はほっとして泣きそうになってしまった。

「辞めた会社の人と会うと言うから、てっきり親しい相手だと思っていたんだが……嫌なことを言われたのか？　それとも、帰り道で怖い目にでも遭ったのか？」

様子がおかしい紗雪を見て、津々良は少し動揺しているようだった。久しぶりに外に送り出したはずの居候が落ち込んで帰ってきたのだから、心配するのは当然だろう。

ものすごく歪んだ人間を相手にして帰ってきたせいで、そんな当たり前の反応にすら感激してしまい、別の理由でも泣きそうになってしまった。

それによって、津々良は紗雪にとって安心できる存在なのだと気づかされた。ひとつ屋根の下で暮らしても紗雪に不快な思いをさせないし、同居人としてこうして心配してくれるし、何より頼りになる。津々良がいてくれるからここは安心できる場所なんだと再認識して、ようやく落ち着くことができた。

「……苦手だなと思ってた人にしつこく連絡受けてたんで、一回くらい会っておくかと思って今日行ってきたんですけど、たくさん嫌なことを言われて……何を勘違いしたのか、『付き合ってあげてもいいけど』とか言われたので……嫌いだって言って、帰ってきました」

いやらしいことを言われたことも話したほうがいいと思ったが、それだけはどうしても言うことができなかった。いつか笑い話にできるかもしれないし、他の人には言えるかもしれないが、津々良には、なんとなく知られたくなかったのだ。

「おお……それは、災難だったな。しつこくして会う約束を取り付けられたから、押せばいけると思われたのだろう。そんな変な男のことはさっさと忘れてしまいなさい。夕飯をたらふく食べて、風呂に入って、明日からはその男とは無縁の生活を送るんだ。考えると縁がつく。だから考えないのが一番だ」

「はい」

津々良は一瞬、まずいものを食べたみたいな顔をしたあと、いつもの表情に戻って言った。めったに表情が変わらない津々良が顔をしかめたのを見ると、少しだけ気が晴れた。

こうして帰る場所があって、「おかえり」と出迎えてくれる人がいるというそれだけで、救いだ。これが一人暮らしをしていた頃だったら、久川にさせられた嫌な思いをひとりで抱えることしかできなかったのだから。

　それに、久川に対して即座に怒ることができたのも、津々良のところに身を置いて、きちんと人間扱いされていたからだ。かつての紗雪だったら、きっと逃げ出せたとしても、文句を言ったり怒りを表明したりはできなかったはずだ。

　人としてきちんと扱われる環境に身を置くことの大切さが、今ようやくわかった。

　だからこそ、久川の言いがかりを許すことはできそうになかった。


「あの……私の周りの人に起きていた不幸は、私がその人たちを呪っていたからって可能性、ありますか？」

　津々良が用意してくれた夕食を食べて少し気持ちが落ち着いたところで、ようやく紗雪は聞くことができた。

　セクハラされたことと同じで、このことも聞くのがためらわれた。それでも、聞かずにもやもやするのは嫌だったし、聞かなければいけないと思ったのだ。

「……今日会った勘違い男にでも、言われたのか？」

「はい……呪われていないのは自分だけ、だから自分のことを好いているのだろう、という結論に至ったみたいです」

「くだらんな。人を呪うなんて褒められた行為ではないが、そう簡単にできることではないのも確かだ。おかげで呪物なんてものが存在して、それの処理に追われている」

眉間に皺を寄せているところを見ると、津々良は紗雪の問いで不愉快な気分になったのだろう。

「そう……ですよね」

「そんな簡単に落ち込むんじゃない。呪うのも、意志の強さが必要だ。執念というやつだな。だから、悩むとしたらそのすぐに流される意志の弱さを悩みなさい。きちんとしていないと、悪いものに付け入られるぞ。……不愉快な男だな」

最後の一言で、津々良が不快に思ったのが紗雪にではなく久川だとわかった。怒られたのではないとわかって、紗雪はほっとする。そして、久川に怒ってくれたことが嬉しい。

久川に常識がないだとか考えが甘いだとか言われても煩《わずら》わしいだけだったが、津々良に言われたのなら、きっとショックだったと思う。彼には、認められたいと、ちゃんとしていると思われたいのだ。今は無理でも、いつか。

そんなふうに思ったのは初めてで、自覚するとなんだか戸惑ってしまう。

「とにかく、渡瀬さんは呪っていない。あなたの周りで起きていたことは……呪いとは別のものだ。解決しなければならない問題なのは、間違いないがな。それに、意志薄弱なのもどうにかしなければな」

そう言うと、津々良は食べ終えた食器を手に台所へと行ってしまった。

その後ろ姿が妙に疲れているのが気になったが、持ち込まれた呪物のせいだろうと、そのときの紗雪は考えていた。

津々良が預かった呪物はまだ引き渡されず、掃除する範囲が限られている日々は相変わらず続いていた。

ということは紗雪が時間を持て余す日々も続いていてる。そのため、ここ数日はスマホで求人情報を見たり、体が鈍《なま》らないよう外に出かけてみたり、少しでも自分にとってプラスになるような時間の使い方をするように努めているが、それもなかなか難しいのが現実だった。

「……まただ」

散歩に出ていた紗雪は、スマホの画面に新着メールの表示が出るのを見てうんざりした。そこに表示されているのは、見慣れないアドレスだった。だが、誰からなのかわかってしまう。

連日、メールを何度も送りつけてきているのは、久川だ。彼は、紗雪に拒絶されたことが理解できなくて腹が立ったらしく、あの日からしつこく連絡をしてくるのだ。すでに電話番号は着信拒否し、無料通話アプリのアカウントもブロックした。だが、そうするとフリーメールのアドレスに繰り返しメールを送ってくるようになった。

そのメールアドレスは会社を辞めるときに、万が一を考えて知らせておいたものだった。津々良のところに身を置いているが今の紗雪は住所不定無職だし、スマホが使えなくなるなどの不測の事態もあるだろうと考えていたからだ。

とはいえ、紗雪を役立たず扱いしていた会社から連絡が来るとは思えなかったし、実際に最近まで何の音沙汰もないアドレスだったのだ。

それが今になって、久川からの嫌がらせを受信する専用アドレスと化してしまっている。最初のうちは片っ端から送ってきたアドレスをブロックしていたが、向こうもフリーメールのアドレスを次々に取得して対抗してくるからきりがない。

おそらく久川は、紗雪のアドレスをなんとか聞きだしたか、どうにかして入手したのだろう。恋人のことなどを勝手に探っていたことから考えると、そういうことを調べるのが得意に違いない。

そう推測すると気持ちが悪くて怖くて、今すぐ何らかの対処をしたかったが、今のところメールの着信が煩わしいくらいで実害はない。だから、具体的な対策が思いつかなかった。

それに、ストーカーなどの悪質なつきまといはすべての連絡手段を遮断すると逆に危険度が増すとどこかで見聞きしたため、このアドレスは残しておいたほうがいいと考えている。

「もう、嫌……」

せっかく気分転換をしようと散歩に出かけていたのに、メールのせいで台無しになってしまった。早く津々良家に戻ろうと、紗雪は歩く速度を上げる。

メールのせいだけでなく、外に出るようになって気が滅入ることも増えていた。最初は、外の世界や働くことへの恐れが、気分を悪くさせているのかと思っていた。

だが、気持ちが滅入るのは恐れが原因だったとしても、頭が痛くなったり変なものが視界をよぎるのは、おそらく違うことが原因だろう。

急いで帰ろうと必死に早歩きをしている今も、紗雪の視界はたびたびおかしなものをとらえている。見えるというより気配を感じるという、何ともいえない感知の仕方なのも嫌だった。

今の自分にはここしか安全な場所はないだろうかと思いながら切妻屋根の立派な門を

くぐった瞬間、変な気配はなくなり、頭痛も収まった。そのことにほっとしつつも、紗雪は外では生きていけなくなったらどうしようと不安も感じ始めていた。

幸いなことに、頭痛や視界をよぎる嫌なものは津々良家の中では治まっている。だが、いつかは、ここを出て普通の生活ができるようにならなければいけないのに。いつまでも津々良に甘えているわけにはいかないのに。

久川からの執着と得体の知れないものに怯える日々に、紗雪の心はまた乱されていた。

津々良に相談すればいいかもしれないとも考えたが、最近の疲れた姿を思い出してためらってしまう。

それに、意志薄弱なのを指摘されたばかりなのだ。それなら、ある程度のことは自分でできるようにならなければいけない気がして、相談できずにいた。


そうして散歩に出て気分が悪くなった数日後、紗雪はついに庭掃除中に気分が悪くなってしまった。

「……何、これ……」

猛烈な頭の痛みを感じて、思わずうずくまった。立っていられなくて箒の柄《え》を支えにしているものの、その痛みは平衡感覚を奪いかねないほどの強さで、倒れてしまったほうが楽なのではと感じるほどだ。

そして、痛みとは別の嫌な感覚が近くに迫ってきているのも感じていた。

それは、地を這う何かが息を殺して近づいてくるような気配だ。これまで津々良家の敷地内では感じたことがなかった、嫌な気配だ。

散歩に出るようになって気づいたことだが、津々良家の敷地内はいつも清浄に保たれているのだ。外に一歩でも出れば感じる雑多な、時折邪悪さすら混じる空気とは全く違う。

だからこそ安心して過ごすことができていたその空間に何か悪いものが入り込んできているのだと思うと、紗雪は怖くてたまらなくなった。それが近づいてきているとわかって逃げなければと思うのに、痛くてすぐに動けないということも恐怖を増長させていた。

そんなとき、黒い小さなつむじ風のようなものが、自分に向かって走ってくるのが見えた。それは低い唸り声を上げると、勢いよく紗雪に飛びかかってきた。

「いたっ……夜船？」

黒いものに引っかかれ、紗雪はそれが夜船だと気がついた。夜船は全身の毛を逆立て、尻尾を太くして怒っている。そして紗雪に声をかけられるとすぐに、またどこかへ走っていってしまった。

「……嫌われちゃったみたい」

引っかかれた手には、うっすらと血が滲《にじ》んでいた。傷はたいしたことはないが、あの小さくて柔らかな生き物に嫌われてしまったという事実がつらかった。

そのことにひどくショックを受けたからか、脂汗が滲むほどの頭痛は去っていた。だから紗雪は痛む手の甲をさすりながら、この隙にと思って家の中に戻った。幸いにも、頭痛がぶり返すことはない。

「渡瀬さん、手伝ってほしいことがある」

部屋に帰って傷の手当てをしてからボーッとしていると、少し慌てた様子の津々良がやってきた。彼が落ち着きをなくすことは珍しいため、紗雪もつられて落ち着かなくなってしまう。

「え……どうしたんですか？」

「嵐が来るんだ。すごい風が吹いているだろう？　だから、雨戸を閉めるのを手伝ってもらおうと思ってな。風と一緒によからぬものが入ってくるから、こういう日にはいつも以上に用心が必要だ」

「わ、わかりました」

風が吹き荒れていることにも嵐が近づいていることにも、言われるまで紗雪は気がついていなかった。だが、言われてみれば確かにすごい音がしているし、よからぬものが入ってくるという言葉にピンときた。いつも清浄な津々良家の敷地に変な気配があったのは、嵐に紛れて何かが入ってこようとしているからだろう。

紗雪は津々良と手分けして、家の中の雨戸を締めて回った。雨戸といっても金属製の近代的なものではなく、昔ながらの木製のものだ。

だから閉めるのにはコツと力が必要で、紗雪は最初のうちはかなり手こずった。すべての雨戸を閉める頃にはじっとりと汗をかくほどで、ヘトヘトになってしまっていた。

「ありがとう、お疲れ様。くれぐれも外へ出てはいけないよ。これから日暮れにかけてどんどん荒天になる。今日は簡単に夕食を済ませて、早めに休むとしよう」

「はい」

雨戸を閉めてひと安心した様子の津々良は、そう言って離れのほうへと戻っていった。

嵐の日は早めに休もうと言うのは昔の人みたいだなと思って、紗雪はなんだかおかしくなった。昔の人は、台風なんかが来る日には多めに米を炊いておにぎりにして、家族で一箇所に集まって早めに就寝したのだと祖母から聞いたことがある。台風の被害に遭って少しの間家事が行えなくなったときのための備えと、万が一のとき家族の安否がすぐに確認できるようにという工夫なのだそうだ。

「……そうだ。夜船さんを家に入れないと」

米を多めに炊く必要はないし、一箇所に集まって寝ることもないだろうが、せめて夜船は捕まえておかなければと紗雪は思い至った。もしかしたら家のどこかで休んでいるのかもしれないが、もしまだ外にいたら大変だ。雨戸を閉めて回ったときには家の中で見かけなかったから、おそらく外にいるのだろう。

津々良にはもう外に出るなと言われていたが、夜船のことであれば話は別だ。津々良は札の依頼が大量に入ったと言っていて忙しそうだから捜すのは自分しかいないと思い、紗雪はコートを羽織ってポツポツ小雨が降り始めた庭へと出ていった。

「どこー？　夜船さん、どこに行ったのー？」

風が吹き荒ぶ中、紗雪は声を張り上げて呼んだ。だが、日頃大きな声を出し慣れていない紗雪の声などたかが知れていて、風の音にかき消されてしまった。

それならばと、もし夜船が小さくても何か声を発したのなら聞き取れるように、耳を済ませて慎重に歩いた。すると、ビュービューという音に紛れて、か細い声が聞こえてきた。

夜船は、日頃はあまり鳴かない静かな猫だ。そんな子が鳴いたのだと思うと心配でたまらなくて、紗雪は急いで声のしたほうへ向かった。

「夜船さん、こんなところに……」

庭の中を散々歩き回って、ようやく隅でうずくまる夜船を見つけた。夜船は植え込みの下で、尻尾を体に巻きつけるようにし、耳をぺたんと寝かせていた。すっかり怯えきってしまっている。

何かを恐れているのがわかっていたのだから、慎重に近づかなければならなかった。それなのに紗雪は見つけられたという安堵と、早く捕まえなければという焦りから、慌てて距離を詰めてしまった。

「あっ……！」

紗雪が近づいてきたことに驚いた夜船は、大慌てで走りだしてしまった。その姿はまるで黒い弾丸のようで、その姿に紗雪は度肝を抜かれたが、すぐに正気に戻ってそのあとを追いかけた。

「夜船さん、待って！　待って、そこに入っちゃ……」

紗雪に追いかけられたからか夜船はさらに慌ててしまい、どんどん走るスピードを上げていった。そしてあろうことか、津々良が近づかないよう言っていた庭の一角へと入り込み、よりにもよって立ち入りを固く禁じられていた蔵に飛び込んでしまった。

いつもなら、重い錠が下りて入れなくなっていたはずなのに。

これが怖い映画だったら、確実に入ってはいけない場面だろうと紗雪は妙に冷静に分析していた。

そして蔵を前に、途方に暮れていた。本能が、なけなしの知識が、ここに入ってはいけないと言っている。だが、ここに入らなければ夜船を保護することができない。むしろ危険な場所だからこそ、早く保護してやらなければならない。

「……よし」

本当は怖くてたまらないが、意を決して紗雪は蔵に足を踏み入れた。コートのポケットの上から、護符の存在を確認する。それは、先日の外出の際に津々良が持たせてくれたものだ。

どのくらい効力があるものかわからないが、ほんの少し勇気づけられた。

「あの、夜船さーん……出てきてくださーい」

驚かせないようにと、紗雪はそっと小さな声で呼びかけた。すると音もなく柔らかなものが懐に飛び込んできた。そのベルベットのようなスルリとした手触りは、間違いなく夜船だ。

「よかった……え⁉」

安堵して抱きしめた次の瞬間、音を立てて蔵の扉が閉まった。

慌てて駆け寄って扉を叩いて、体当りしても、それはびくともしなかった。閉じ込められたのだとわかったときには、紗雪は得体の知れないものの気配を察知していた。

音という音ではないのだが、何かが這いずるような気配がしていた。蔵には高い位置に灯り取りの窓があるが、外が暗くなり始めているため用をなさない。扉が閉まった今、蔵の中は真っ暗だ。その視界の悪い中で、視覚以外の感覚で身の危険を回避しなければならないということになる。

異様な気配は、少しずつこちらに近づいてきているようだった。だが、向こうも視界が悪いという条件は一緒なのか、手探りで近づいているのかもしれない。

蔵から出ることができないのなら、どうにか身を隠さないと。津々良さんが気づいて助けに来てくれるまで、私がこの子を守らなきゃいけない――紗雪は必死に頭を回転させようとしていた。

腕の中の夜船は、かわいそうなくらい震えていた。強気で気高い猫のはずなのに。そのくらい恐ろしいものが迫ってきているとわかって、紗雪も震えだしそうだった。

蔵の中は日頃から風を通していないのか、古く淀んだ空気が満ちている。少しでも動けばそれはじっとりとまとわりつき、動きを鈍らせていくような気がする。

「あ……」

隠れ場所を求めてそろりそろりと歩いていたら、何かにつまずいた。かすかではあるが、音を立ててしまった。その音を聞きつけて、異様な気配が動くのがわかった。

紗雪は慌てて屈み、つまずいたものにペタペタ触れた。大きさからして長持《ながもち》か何かのようだ。これなら身を隠せるかもしれないと思い、蓋を持ち上げてその中に身を投げ入れた。

お願い……気づかずにどこかへ行って——と、長持の蓋を閉め、紗雪はじっと息を殺した。夜船が怖さで鳴いてしまわないよう、震える手で撫でてやった。

そうして身を隠して息を殺していると、外の音がよく聞こえてくる。獣の咆哮《ほうこう》を思わせる風の音と、静かに、確実に近づいてくる何者かの音。

それらの音に混じって、硬いものがぶつかるような小さな音が聞こえてきた。カタッとかコトッというような、そんな音だ。そんな音をついさっきも聞いたと考えて、紗雪は背筋が寒くなった。

これは、蓋を開けてる音だ。何かが、自分たちを探して長持や箱の蓋を開けているんだと気がついた。

音の正体がわかってしまうと、恐怖が一気に増した。隠れているのは、もう無理なんじゃないかと思えてくる。

そもそも、隠れたのがいけなかったのかもしれない。扉が閉まっていて外には逃げられない時点で、この空間は圧倒的に向こうに有利なのだ。蔵の中で逃げ続けたところでどれだけ時間が稼げたかわからないが、こうして身動きが取れなくなった以上、逃げるチャンスも逸してしまった。

蓋を開ける音と気配は、確実に近づいてきている。向こうは、すべての蓋を開ければ勝ちだ。

近づいてくるにつれ、その不気味な気配が声みたいなものを出しているのがわかる。風の音だと思っていたものの中に、その声は紛れていた。低く、唸るような声だ。奇妙な節がついているようにも、要領を得ない独り言のようにも聞こえる。

耳を澄ませてはならない、意味がわかってはいけないと、本能が訴えかけてきていた。聞こえてしまうことも意味がわかることも、おそらくものすごく危険なことだ。耳を澄ませば意識に入り込まれてしまうだろうし、意味がわかればきっと精神に異常をきたしてしまうに違いない。

捕まる恐怖と意識に入り込まれる恐怖によって、紗雪はおかしくなるかと思った。このままでは、見つかるよりも先に気を失ってしまいそうだ。

だが、今ここで意識を手放すことの危険はわかる。

「……ひぇ……」

音が、すぐ近くまで迫っていた。蓋に手がかかるのがわかる。震えて、どうにかなってしまいそうになりながら紗雪はコートのポケットに手を入れ、護符を取り出して捧げ持つようにした。

どこかへ行って！　津々良さん、早く来て！　お願い……悪霊退散！　――そう、紗雪は祈った。

こんなときにお経のひとつも唱えられない自分に嫌気がさしながら、紗雪は何度も心の中で祈った。とにかく、この場を切り抜けたい。ここで捕まるわけにはいかないし、悪いものに危害を加えられるわけにはいかないのだ。

だから、どうかどうか……と、これまでこんなに熱心に祈ったことがないというほど、強く祈った。子供の頃はすがるものがあった気がするが、大きくなってしまった今はない。泣いて誰かにすがれるほど無邪気ではないし、子供のときより強くなっていると思いたかった。それでも、こんなときに浮かぶのは津々良の姿だ。子供のときのように無心にすがることはできないが、彼なら助けに来てくれると心のどこかで信じていた。

「……渡瀬さん？」

しばらく途切れそうな意識で必死に祈っていると、今聞きたかった声が聞こえてきた。津々良の声だ。いないことに気がついて、捜しに来てくれたのだろうかと思ったが、まだ怖くて出ていくことができなかった。

もしかしたら、悪いものが津々良の声を真似ているのかもしれないと考えていたのだが、呆気《あっけ》なく長持の蓋が開けられたことでその疑いは晴れた。

「こんなところにいたのか……」

「津々良さん……！」

懐中電灯で照らされ一瞬目が塞がれたが、眩しさの向こうに津々良の顔を見て、紗雪は安堵した。

「……すぐに見つけてもらえて、よかった……何か悪いものに蔵に閉じ込められて、追いかけられて、この中に逃げ込んだんです」

「そうか。……この長持にべったりと黒い痕《あと》が残っているから、もしかしたらと思ってな」

「黒い痕……」

津々良に助け出されて長持の外に出て、蓋についたその黒い痕とやらを見て、恐ろしさがぶり返した。

「もしかして、夜船を追ってこんなことになってしまったのか？」

「はい……私の姿に驚いた夜船が逃げて蔵に入ってしまって……」

「それで危ない目に遭って、この中にいたのか。夜船を守って、よく耐え抜いたな」

「……津々良さんにいただいてた、護符があったので……」

褒められたのと改めて無事だったことに安堵して、紗雪は震えた。そして、握りしめてくしゃくしゃになってしまった護符を差し出した。護符は真っ二つに千切れてしまっていた。それを津々良は受け取って、自分の袖の中に入れた。

「とりあえず家へ戻ろう。体が冷えただろうし、穢れをもらったな。まずは夜船もあなたも、お風呂に入ってきなさい」

「はい」

本当は怖かった気持ちを一気に吐き出してしまいたかったが、家に戻るよう津々良に背中を押されてしまった。それに、腕の中の夜船はぐったりしていて、その柔らかな存在を思うと、確かにお風呂に入るのが一番にすることに思えた。

まずはかわいそうな夜船をどうにかしてやらねばと、浴室へと連れていった。怖がらせないように小さな桶にぬるめの湯をはったものに入るよう促してみたが、入りたがらなかった。湯が怖いというより、紗雪から離れたくない様子だ。

だから仕方なく、熱めの湯で濡らしたタオルを固く絞ったもので、優しく体を拭いてやった。すっかり暖まった頃には落ち着きを取り戻していたため、その隙に紗雪も入浴した。

津々良家の浴室は意外なことに、昔ながらの和風の風呂ではなくシステムバスだ。おしゃれで広々したその浴室は寛ぐのに最適で、いつもは至福の時間を過ごせる場所だ。実家の風呂もそんなに広くないし、一人暮らしのときはユニットバスだったため、湯船に浸かることなんてできなかった。

だから津々良家に来てからバスタイムがもっともゆったりできる時間だったが、今夜は違った。まるで落ち着かない。

怖い思いをしたせいだろうか、外が嵐だからだろうか、浴室のドアの向こうに夜船が待っているからだろうか——落ち着かない理由をいろいろ考えてみたが、どれもしっくりこなかった。

視線、というより気配を感じるのだ。そのせいで、今夜は湯船に長く浸かっていることができなかった。湯船のそばには窓がある。外側に格子がついているし、磨りガラスだから中を覗かれる心配はないのだが、それはあくまで人間相手にだ。そうでないものになら、覗かれることも最悪浴室の中に入られることもある。

そんなことを考えるといつまでも無防備な姿ではいたくなくて、紗雪はいつもよりうんと早く風呂から上がった。

夜船と紗雪が風呂に入っている間に津々良が作ってくれたらしく、髪を乾かして居間に行くと夕食の用意が整えられていた。今日は佐田が来る日ではないからどうなるかと思ったが、津々良は紗雪が思うよりはるかに手際よく料理ができる人のようだ。

簡単なものをと言っていたから、食卓に並ぶのは小さな土鍋だけ。蓋を取ると、中には熱々の鍋焼きうどんがあった。野菜と油揚げとかまぼこと卵が入った、具だくさんのうどんだ。

ゆっくりと湯船に浸かれなかったぶん、あまり暖まれていないから、こういうメニューはありがたかった。汁は味噌仕立てで、それがより一層体を暖めてくれる気がした。

しばらくの間会話はなく、人間ふたりが静かにうどんを啜《すす》る音や、夜船がキャットフードをカリカリと食べる音だけがしていた。

そのせいで、外の嵐の音が余計に大きく聞こえる気がする。そして、津々良と一緒にいるのにもかかわらず、紗雪はいつもとは違って恐怖を感じていた。

「渡瀬さんに、聞きたいことがあるんだが」

ほとんど食事が終わった頃、津々良が話を切り出した。そんなふうに構えて尋ねられることとは何だろうと思い、紗雪も身構えた。

「な、何でしょうか……？」

「あれは、一体何だと思う？」

「え、あれって？　……ひっ」

津々良が指さすのは、紗雪の背後だ。背後にあるのは障子で、振り返って見るとそこには、何か黒い影があった。障子の向こう、廊下には、とけた人型のような影がいる。それが紗雪の恐怖の正体だった。

部屋の中に入って来ないのは入れないのかと考えたが、こうして敷地に入っている以上安心できない。それに、そんなものを指して「何だと思う？」と聞かれると、恐怖が増す。

「わかりません。でも、蔵の中で追いかけてきたのは、たぶんあれだと思います……」

紗雪は怖くて、視線をすぐに背後から津々良に戻した。だが、そこにいることがわかってしまうと、平静を装おうにも冷や汗と手足の震えを抑えることができなかった。

「そうか。姿がはっきり見えるわけではないんだな」

紗雪の返答を聞いて、津々良は考え込む仕草を見せた。紗雪の背後に得体の知れないものがいるというのに、緊迫した様子はない。

「そういえば、呪物が何かという話を、まだしてなかったな。ちょうどいい機会だから、話しておくことにしよう」

「は、はい」

先ほどから津々良の発言の意図をはかりかねたままだが、突然講義が始まるようで紗雪は姿勢を正した。津々良は無駄なことは話さない。だから、きちんと聞いておくべきだろう。

「呪物とは、呪いのためのアイテムだ。そう聞くと、渡瀬さんは何を思い浮かべる？」

「やっぱり、藁人形《わらにんぎょう》ですかね。丑の刻参りの」

「普通の人の感覚なら、そうだろうな。だが、厳密に言うと違う。藁人形は相手を呪うために使う道具だが、それを呪物とは呼ばないんだ。呪物とは、言ってみれば呪いそのもののことを指すからな」

そう言って津々良は、おもむろに土鍋の蓋を閉めた。

「今うちの蔵で預かっているもののもそうだが、呪物とは人を呪うために作られたものだ。その材料は虫だとか蛇だとか、動物や人間の体の一部だとか……気持ちのいいものではないから詳しくは話さないが、そんなものを使って誰かの幸運や気を吸い取ろうとしたり、逆に不幸を撒き散らしたりするための装置だ。だから、存在しているだけで害なんだ。呪いそのものとは、そういう意味だな」

言いながら、津々良は土鍋を紗雪のほうへ押しやった。呪物に見立てているとわかるから、少し嫌な気分になる。

「藁人形を呪物ではないと言ったが、それはあくまでああいったものが、呪うための媒介にすぎないからだ。あれ単体では害をなすことができない。呪う意志を持った者が、相手を呪ってやろうと執念を持って藁人形に釘を打ち込むことで、呪いは成立する。呪いが、呪いたいという念が、相手のもとに届く。だから呪詛返《じゅそがえ》しといって、実行者に呪いを返すこともできるというわけだ。だが、呪物はそうもいかない。呪物の製作者に呪いを跳ね返すことはできず、その呪物自体を適切に処理するまで、呪いは存在し続ける」

「そうなんですね。じゃあ、私と夜船は今日、呪物の影響を受けてしまったんですか？私はひどい頭痛に悩まされてましたし、夜船は私を引っかいたんです」

尋ねながら夜船をちらりと見ると、落ち着きを取り戻しているようで、少し安心した。だが、紗雪自身は全身が粟立《あわだ》つような落ち着かなさをずっと感じている。

「ないとは言い切れないが、それは私も最小限に留められるよう努力している。夜船は、渡瀬さんを悪いものから守ろうと思って気が立っていたんだろう。あと、あの子は陰気なもの、負の気を嫌うから、辛気臭い顔をしていれば威嚇くらいされる。それよりも、渡瀬さんは気にするべきことがあるだろう？　——今、何者かに付きまとわれている自覚は？」

不意にまた、津々良が紗雪の背後を指さす。障子の向こう、黒いもののことだろう。付きまといという言葉を聞いて、あることが頭をよぎった。

「……この前会った人から、しつこく連絡されています。メッセージアプリはブロックして、電話番号も着拒したんですけど……辞めた会社との連絡用にって用意したフリーメールのアドレスにずっと、メールを送り続けられているんです。そういえば、頭痛が始まったのもメールと時期が同じです……」

自分でどうにかできないだろうかと考えて黙っていたことを、今になって強く後悔した。こうして話さなければいけなくなるのなら、最初から話しておけばよかったのだ。

だが、なんとなく言いたくなかった。津々良が依頼や札を書くのに忙しそうだったというのももちろんあったが、それはあくまで建前だったと気づかされる。本当は、そんなふうに加害されていることを知られたくなかったからだ。内容が内容だけに、尊厳を踏みにじられていることを知られたくなかったのだ。

久川の言動は、向けられるだけでべっとりと汚されるような気がする。だから、そんな奴に汚されてしまったことを、津々良には隠しておきたかったのだと今ならわかる。こんな気持ちになったのは初めてで、それがどうしてなのかまでは、わからなかったが。

「はっきり拒否されたのに、迷惑な男だな。いや、拒否されたからか。たいした執念だ。見下して、相手にしてやろうなどと思っていた女性に拒まれたからと執念を燃やして生霊を飛ばしてくるとはな。――帰れ！」

それまで呆れたように淡々と話していた津々良が突然、大きな声を出した。腹から出した声に一喝され、紗雪の背後のものがスッといなくなるのがわかった。

「今のは？」

「帰れと言っただろう。だから、帰したんだ。生霊をな。渡瀬さんに付きまといたいというその男の念が生霊となって飛んできて、あなたに害を為すようになっていた。このままだったら頭痛だけでなく徐々に体を蝕《むしば》み、命を削られることになっていただろう。夜船はこれを追い払いたくて、威嚇していたんだな。日頃ならやすやすと敷地に入らせたりしないんだが、この天気と、蔵に預かっているものの影響で入り込むことができたんだろう。こうして飛んできた生霊は、藁人形で飛ばした呪いの念と同じようなものだ。そんなものが本人のもとへ帰るのだ。……どうなるかは、わかるな？」

静かに尋ねられ、紗雪はぞくりとした。久川をかわいそうだとか気の毒だとは絶対に思わないが、これから彼にどんなことが起こるのだろうと考えると、うっすら怖くなる。

「あなたは、普通の人には見えないものを見ることができる目を持っている。だから、普通の人より怖い思いをする機会は多いはずだ。それなのに、他人に泣きつくことがへただな。痩せ我慢は美徳ではないし、察してもらうまで待つのは慎ましさでも何でもない。もっと、周りの人に頼るんだ。ここに身を置いているのは、人に頼るという力を身につけられるようになるためでもあるのだから」

「……はい、すみません」

話さずにいたのではなく察してもらおうとしていたのだと気づかされて、紗雪は恥ずかしくなった。そして、自分で対処できるという、甘い考えがどこかにあったのだということもわかって、自分のことが嫌になる。

「一人前になろうとしてひとりで何でもしようとする気持ちは、わからなくもないがな。だが、人を頼ることができて初めて一人前になるという面も、あると思う。だから、一人前を目指すのなら、まずは周りを頼れるようになりなさい」

「……はい」

今現在だめなところを指摘され、紗雪はしょんぼりするよりも背筋が伸びるような心地だった。以前だったら、人に何か指摘されれば自分のすべてを否定されたように感じて、猫背の背中を一層丸めたことだろう。

怖い思いをさせられたが、今回のことで自分の成長を少し感じられて、紗雪はちょっぴり誇らしい気持ちになった。

第四章 川がやがて海へそそぐように

Ogamiya tsudura
kaikiroku

紗雪が幽霊などのこの世ならざるものを見るようになったのは、幼少期のことだった。

幼いときは、生きている人間とは違う、この世界から一枚層を隔てたような見え方をするものがあるなというくらいの意識しかなかったのだが、長じるにつれてそれらは他の人には見えていないということがわかった。

怖いものを目にして訴えても、両親がわかってくれない――これが、自分の目と他人の目が違うとはっきり認識させられた出来事だった。

だが、見えずとも話を聞いて信じてくれる存在がいたのが、唯一の救いだった。それが、父方の祖母だ。

祖母は、会いに行くといつも紗雪の話を聞いてくれた。怖いものを見たと言えば慰めてくれ、不思議なものを見たと言えば一緒に面白がってくれた。

「昔はそういう目をした人が結構いたもんだけどね。見えないにしても、感覚でうっすらわかるとかね。ばあちゃんは、そういう質《たち》だよ」と祖母が言ってくれたから、自分をそこまで異質なものだと思わずに済んだ。

そのため、学校に通うようになれば自分と同じような性質の者を見つけられるのではと淡い期待を抱いていたのだが、それは見事に裏切られる。それどころか、そういった目を持っているのがわかるとたちまち嘘つき呼ばわりされたり、わざと怖がるような場所へ連れていかれたりするようになった。

ひた隠しにしようにも、子供のうちは恐ろしいものが視界に入れば反応してしまうし、近寄れない場所がある。それを徐々に取りつくろうことは覚えたものの、不意に見えてしまったものに驚くのは仕方がない。そのせいで、紗雪はどこかぼーっとして不安定な気質の人間だと周囲に見なされてしまうようになった。

あるときを境にぱたりとそういうものを見なくなっていたのだが、津々良のもとに来てこの不思議な目の力が復活した。職業柄なのか、彼がそれを決して悪く言うことも珍しがることもないため、今はかつてのような嫌な気持ちを抱いてはいない。

「津々良さん、あの、幽霊とかが見えるって、どういうことなのでしょうか？」

あるとき、朝食の席でふと気になって紗雪は尋ねてみた。

これからもこの目と付き合っていくのなら、知っておくべきだと考えたのだ。

「そうだな……普通の人間は外の目を開けて物事を見るが、幽霊などを見る人は外の目とは違うもの、この場合は内の目を開いてものを見ているということになる。そして、普通の人間は内の目の開き方を知らない。後天的にこの内の目の開き方を体得する者もいるが、たいていが生まれつきのものだ」

「内の目……ということは私は外の目を閉じても、そういったものが見えるってことですか？」

「理屈の上ではそういうことになるが、外の目を閉じて内の目を開いておくというのは、簡単にはできん。制御を学ぶ必要がある」

「そうなんですね……」

ただ見るということひとつをとってもかなり奥が深い話らしく、津々良は考えながら説明してくれた。紗雪もそれを聞いて、わかったようなわからないような、不思議な感覚になった。

「まあ、渡瀬さんの場合、自分の意思で内の目を閉じていられるようになったら楽になることもあるだろうから、今後は意識してみるのもいいかもしれないな。見えると役に立つこともあるが、普通に生きるぶんには不便でしかないだろう」

「不便……確かに子供のときは怖くてたまらなかったんですけど、ここに来てからは見えてよかったのかもと思う部分もあります。見えないよりかは、津々良さんのお役に立てるかもしれないですし……」

松野の鬼のことや、いじめを苦にして自殺未遂をした少年の魂は、見えてよかったのだと紗雪は感じていた。もしあれらが見えていなかったら、わからないままにしてしまったことがたくさんあったように思う。何より、津々良の仕事の何たるかを理解することができず、彼が自分にどんな救いの手を差し伸べようとしてくれているのかもわからなかったに違いない。

それに、久川の生霊も見えたからこそ危険がわかったのだ。

「そうか、私の役に立つ、か。ここで様々なものを見聞きしてもそう言ってくれるのは、ありがたいな。私は内の目で見る力が弱って、今の仕事に変わったという経緯があるから。外の目で見ることと知識だけで乗り切るのが不便なこともある。だから、内の目で見ることができる人がそばにいるのは、心強い」

ふっと眼鏡の奥の目元の表情を和らげて津々良が言ったものだから、紗雪は驚いてしまった。無機質な美貌が笑みを浮かべるとこんなに破壊力があるのかと、思わぬ不意打ちにドキドキしてしまう。

何より、紗雪がここにいることを言外に肯定してくれているようで、そのことが嬉しくなる。

これまで、誰にも重要視されず、重宝されることもなく、悲しい気持ちで生きてきた。そして、この目は自分に災いばかりもたらすと、いつの頃からか感じていた。

だから、この目があってよかったと思わせてくれる津々良の発言は、きっと発した本人が思うよりも紗雪の心を救った。

津々良さんの役に立ちたい。――中断していた食事に再び取りかかりながら、紗雪はそう決心したのだった。


紗雪のその思いが叶う日がきたのは、それから数日後のことだった。

「これから依頼人の家に行くんだが、渡瀬さんもついてきてくれないか」

朝の掃除を終え、部屋で夜船と寛いでいるところに津々良がやってきて言った。

「依頼人の家に行くこともあるんですね」

「時と場合によりけりだな。こちらに来てもらうだけで済むこともあれば、出向いて行かなければならないときもある」

「今回は、現場を見なければわからないということですね」

「そういうことだ」

どういう理由であれ、紗雪に断る理由はない。

津々良と共に向かったのは、歩いて三十分ほどのところにある一軒の住宅だった。

「津々良さんは、車で現場に向かわないんですか?」

「まあ、それも時と場合によるな。ただ、歩いて周辺のことを見て回ったほうが、状況がわかるときもある。家がらみのことで相談を受けても、問題の核が家だけにあるとは限らない。だから、核を見つけ出すためにその周囲を歩いて見ておくことも必要だから、徒歩で移動することが多いな」

　歩いてきたこの時間にも何かわかることがあったのだろうかと紗雪が思っている間に、津々良は目的の家のインターホンを押していた。すぐさま応答があり津々良が名乗ると、ドアが開けられた。

「北沢《きたざわ》です。津々良さん、わざわざお越しいただいて、ありがとうございます」

「いえいえ、ご近所でしたから」

　出てきたのは中年の夫婦で、少し疲れた顔をしているのが気になった。だが、ふたりには変わった様子はなく、今の時点で紗雪にはどんな依頼なのか見当がつかなかった。

　ただ、この家に入ったときから妙な騒がしさのようなものは感じていた。

「ここまで来ていただいたのは、この家が問題だからなんです。中古で売りに出されていたのを購入して住んでいるのですが、あるときから変なことが起こり始めて……」

　リビングに通されると、北沢夫妻はそう話し始めた。

　日当たりのいい、きれいな家だ。ここが中古であることも驚いたが、何か怪奇現象が起きるのだということも、紗雪には不思議だった。

　フィクションで描かれるそういったことが起こる家は、たいてい薄暗く不気味なものだから。それにやはり、自分が何かおかしなものを見るときは太陽の下よりも、日陰のほうが多かったからだ。

「ここ、中古住宅なんですね。きれいですし、ウッドデッキが素敵なので、こだわりを持って建てられたのかと……」

紗雪が率直に言えば、北沢夫妻は一瞬嬉しそうにしたものの、すぐに困った顔になる。

「そうなんです。もともと建てた方が海外赴任することになって、ほとんど住まずに売られた家だったので、すごくきれいなんです。ウッドデッキがあるのが気に入って買ったんですけど……家の中に私たち家族以外の気配があるというか、騒がしいんですよ。それがあるまでは、自慢の家だったんですが……」

困った顔で語る北沢夫妻の話によると、住み始めたばかりの頃はおかしなことなどない、かなりお買い得な物件だったのだという。

もとの持ち主はデザインの段階からこの家にこだわりを持っていたため、建てる際にはきちんと地鎮祭《じちんさい》も執り行ったということだ。

北沢一家が移り住む前にも神社に依頼して家移り清祓《きよはら》いというお清めの儀式をしてもらったということだから、かなりの念の入れようだ。

そこまでして建てられ、引き継がれた家なのに、今、おかしなことが起きているということらしい。

当然だが、この家で誰かが亡くなったとか事故に遭ったとか、そのような話は一切ないとのことだ。

だから、素人目には何が起因しているのかさっぱりわからなかった。

「家の中を、見せてもらってもよろしいでしょうか？」

話を聞いて少し考えてから、津々良は言った。やはり、隅々まで見なければわからないということだろう。

「はい、構いません。見てもらうために来ていただいたので」

北沢夫妻は弱りきっていて、津々良の申し出に何度も頷いた。早く見て回って、原因を突き止めてほしいというのが伝わってくる。

せっかく気に入った家に住み始めたというのに、おかしなことが起きて居心地が悪いというのは嫌なものに違いない。家は決して安い買い物ではないから、できる限りのことをして問題を解決したいというのも当然のことだ。

津々良と紗雪は、まず一階から見ていくことにした。一階はリビングとダイニングキッチン、和室がある。そのリビングと和室にウッドデッキが面しており、庭の様子を見ることができた。

しばらくの間、津々良はじっと庭を見ていた。紗雪も隣で見ていたが、芝の手入れがよくされたきれいな庭ということ以外わからない。子供用の自転車が停まっているから、北沢夫妻には子供がいるようだ。

「お子さん、いらっしゃるんですね」

「はい。今は学校に行っていますが。この家のこと、特に子供が怖がっているんです。だから、早くどうにかしてあげたくて……」

紗雪が水を向けると、北沢夫人が心配そうに言った。その様子から、北沢家のその子供は、怖いものを見たと訴えれば両親にきちんと信じてもらえるのだなと、安心すると同時に自分と比べて胸が痛んだ。

「お子さんは、何を怖がっているのですか？」

庭から視線を北沢夫妻に戻して、津々良が尋ねた。どうにも庭に気になるものがあるようだが、その正体を摑みかねているように紗雪には見える。

「家の中を、透明な人が何人も歩いてるって言うんです。……私たちにも落ち着かなさというか、自分たち以外の気配のようなものは感じるんですが、姿までは見ていないので……」

「お子さんがそれを見たのは、二階ですか？」

「はい。そういえば、一階は怖がらない気がします」

話の流れから、次は二階を見ることになった。

階段を上がりながら、紗雪は緊張していた。北沢家の子供が幽霊を見たということもあるが、それよりも肌が粟立つような、ぞわぞわする感覚を抱いていた。

北沢家の敷地に入ったときから感じていた違和感は、二階に上がると妙な湿度という感覚ではっきりと感じるようになった。なぜ家の中なのにこんなに水の気配があるのだろうと、紗雪は落ち着かなかった。

「あ……！」

紗雪は二階に上がりきったところで、廊下の突き当りに人影を見た。子供の証言のように〝透明な人〟ではなかったが、大型のスクリーンにプロジェクターで映像を投影したような、ぼんやりとしたものだ。

それは歩いているというより、這いずるようにしながら必死で移動していた。ひとりふたりではない。廊下の向こうに消えていくと、また反対側から現れて、苦しそうに移動していく。

だが、それは永遠に続くことではないようで、しばらくしていると見えなくなってしまった。

「渡瀬さん、どうした?」

声をあげたあと一点を凝視しているのに気づいて、津々良に声をかけられた。つまり、彼には見えていないのだろう。

自分が見たものをどう説明したものかと、紗雪は悩んだ。

「あの……移動していく人影が見えます。ただ歩いてるんじゃなくて、こう、這うようにしてたり、なんとか足を動かしたりしてて、移動というより……何かから逃げてるみたいでした」

考えながら言葉を発して、「あの人たちは逃げているんだ」と紗雪は感じた。人間があんなふうに移動することがあるとするならば、逃げているときだろうと、そう思い至ったのだ。

「逃げている、か。家の中で霊と思《おぼ》しきものを見たと聞いたときは、通り道でもできているのかと思ったが、そんな単純な話ではなさそうだな」

「通り道って、霊道のことですか?」

「そうだ。まあ、住み始めた当初は何事もなく、途中から問題が起き始めたということは、霊道ではなく別の要因があると考えるべきだろうがな」

二階は階段を挟んで洋室が三部屋あった。ひとつは夫婦の寝室、もうひとつは子供部屋、残りひとつは客間だが今は使われていないようだった。そのどれも、特筆するようなことは何もない。

ただ、どの部屋も他の場所と同じく、ざわざわした落ち着かなさを感じる。そして、水の気配のようなものを感じた。

「先ほどの人影のように、何か違和感を覚えたことは他にあるか？」

二階の見分を終え、階段を下りながら津々良が尋ねてきた。この口ぶりだと、彼もまだ問題の核を見いだせていないということだろう。

頼りにされているのかもしれないと思い、紗雪は俄然やる気になった。

「もう一度、外に出てみてもいいですか？　ウッドデッキとかお庭とか、まだ見ていないので」

紗雪は断りを入れて、玄関から外へ出て庭へ回り込んだ。

二月も終わりに近づき、今日は寒さがかなり緩んでいる。風も湿り気は含んでおらず、むしろ日当たり良好なこの敷地内は、過度な湿度とは無縁に思えた。

「私、この家がなんだか水の中にあるみたいな感覚がするんです。最初は、湿度が高いのかなって思ったんですけど、肌で感じる湿気というより、水辺の匂いがずっとしてるんだって気がついたんです」

何も言わずに庭までついてきてくれた津々良に、紗雪は自分が気がついたことを話した。そして、神経を研ぎ澄まし、その水辺の気配を探ろうとした。

簡単にできることではないのだろうが、目を閉じて、〝内の目〟を開くのをイメージしてみた。そうすると、見えないものの水の気配が他より濃い場所があることに気づくことができた。

「……ここに、何かある気がするんですけど。何だろ……石？」

気配の位置を探って、それがウッドデッキの下であることがわかった。屈んでそこを覗き込むと、この庭には不釣り合いな、ソフトボールより少し大きいくらいの石を見つけた。

「庭石、ではないな。そういう類の庭ではない。それに……これは川から持ってきた石だろうな」

紗雪が手にしたものに、津々良が難しい顔で金色の目を向けた。リビングから成り行きを見守っていた北沢夫妻も、その石を見て何か思い出したようだった。

「それ、うちの息子が河川敷で拾って帰ってきたものです。家族でバーベキューをしたときに」

そう言って北沢氏は、市内にある川の名前を口にした。確かに冬にバーベキューをする人もいるとは聞いたことがあったが、冬の河川敷ではしたくないなと紗雪は思った。それに、その河川敷がバーベキューを許可しているところなのかというのも、少し気になってしまった。

「あの川の石ですか……」

川の名前を聞いて、津々良は考え込んだ。どうやら、何かある場所らしい。

津々良のその様子を見て、北沢夫人が何かを思い出したように顔を上げた。

「全然関係ないのかもしれないんですけど……その河川敷でバーベキューをしてから、息子が『溺れて死んじゃう夢を見た』と言って泣いて起きるようになったんです。最初は、川の近くへ行ったからかと思ったんですが、その石を部屋から外に出して以降はその夢を見なくなったみたいなので……」

原因かもしれないものを見つけたからだろうか。北沢夫妻は途端に不安そうになった。

何も原因がわからず、自分たちが突然不幸な目に遭ったというよりも、何かしてしまった結果が現状であるというのは、きっと怖いのだろう。その感覚は、紗雪にも少し理解できた。

人間はきっと、自分のことをまるっきり被害者だと思っているほうが楽だから。紗雪も、津々良のところへ来たときはそんなふうに考えていたように思う。

「この石が原因と考えて間違いないでしょう。これはこちらが持ち帰り、適切に処理しておきますので。それで解決するとは思いますが、念の為、家の中のお清めをして帰りましょう」

石を持ち帰ってしまったことをとがめるのかと思ったが、津々良はあっさり処理して帰るつもりのようだ。家の中の窓をすべて開けて風を通し、掃除をするときに気をつけるべきことを教え、祝詞のような言葉を低くよく響く声で唱えた。

「もともと風水にもよくこだわって建てられた家で、建てるときにも中古住宅として引き継ぐときも祓い清めをしているのですから、あとはきれいにして悪い気を溜め込まないようにすれば問題はないはずです」

津々良の言葉に、ずっと不安そうにしていた北沢夫妻はほっとした顔をした。

「ありがとうございます。これで、ようやく安心してこの家で暮らせます」

深々と頭を下げる北沢夫妻に見送られ、津々良と紗雪は家を出た。津々良は「石などは拾って持ち帰らないように」と注意しただけで、特にどういったことがこの家に起きていたかなどは話さなかった。

そのため、紗雪も何もわかっていないままだ。

石は、津々良が懐から取り出した風呂敷で包んでしまうと、ほとんど存在感を感じなくなってしまった。ずっしりとした重みのある、ただの石を持ち歩いているような気分だ。

「この石は、一体なんだったんですか？　石を持ち帰っちゃいけないというのは聞いたことがあったんですけど、それがなぜかまでは知らなくて……」

　これから帰るのに、歩いて三十分はかかるのだ。それならば帰り道に少しでも津々良から話が聞ければと、紗雪は気になることを尋ねた。

「こういったものは、『泣き石』などと呼ばれるものだな。川なんかから石を持ち帰ると、それから水が滲《し》み出てきたとか、その石の周りだけ湿るとかいったことがあるからそう呼ばれる。石に限らず砂でも何でも、ある場所から持ち帰るということは、その〝場〟を持ち帰るということになる。神社などの砂を持ち帰ると清められたよい場の空気を持ち帰り守りになるが、それがよくない場のものなら？　……石を持ち帰るなという理由がわかるだろう？」

「神社で清め砂が売られているのは、そういうことだったんですか。……よくわからない場所のものは、持って帰ったらだめですね」

　清め砂のたとえが出たことで、紗雪は北沢家で起こっていたことが理解できた。そして子供の頃、石を持ち帰るなと言われていたことも。

清められた場の清浄な空気を持ち帰ることができるならば、その逆によくない場所からは穢れを持ち帰ってしまうことにもなり得る。

とはいえ、子供のしたことなら仕方がない。大事にならなくてよかったと紗雪は思った。

「それにしても、渡瀬さんは勘が鋭くなっているな。あの場に私しかいなかったら、原因の特定までまだ時間がかかっただろう。助かったよ」

「え……」

津々良邸の竹垣が見えてきた頃、不意に津々良が言った。そのまっすぐな褒め言葉に紗雪は驚いてしまって、とっさに返事ができなかった。

津々良の役に立てたのだ。

嬉しくて、心がぴょんと跳ねた気がした。ただ嬉しいだけじゃなくて、背筋を伸ばして胸を張りたい気分になる。これが誇らしさかと、紗雪は理解した。

「お役に立てたなら、よかったです……あ！　泣き石は、どう処理するんですか？」

嬉しい気持ちでどうにかなってしまいそうで、紗雪は話題を変えた。まだ問題が解決していないのに、浮かれていてはだめだ。浮かれるなら、この依頼された石を適切に処理してからでないとと考えたのだ。

「本当なら、その場に返しに行くのが望ましいが、それができない場合は池の中に入れてしまう。うちの庭の池は、そういう泣き石を処理するためにある」

「あの池ですね！　わかりました」

「待った！　それは……」

津々良の制止を聞かず、紗雪は走り出していた。

よく考えれば、そんなふうに走らなくてもいいし、走るなんて変だと思うのに、体が勝手に動いていた。

そして池が見えたとき、抱えていた紗雪の腕の中から石がまろび出るようにして、水の中に飛び込んだ。

石が水に還りたがっていたのだろうか——そんなことを考えたが、すぐに違うとわかった。

「きゃ……！」

水が、大量の水が、紗雪のもとに押し寄せてきた。逃げなければと思ったのは一瞬のことで、すぐにその水に飲み込まれてしまった。溺れまいと必死に手足を動かすが、暴力的なまでの水の勢いには敵わない。

助かりたくて何か掴まれるものはないかと探すものの、何も見えないし、何にも触れられない。水の中に取り込まれていくようだ。

時折水上に顔を上げられたときに必死に息をする。そのときに聞こえてくるのはゴォゴォという激しい水の音と、誰かの悲鳴だった。

それは、迫り来る水から逃れようとする人たちの声だろうか。そんなことを考えたが、もう何もわからなくなりつつあった。

抵抗するのをやめたら、意識も体も水に飲み込まれてしまう——そんなことが頭をよぎったとき、何か力強いものに引っ張り上げられた。

激しく体が揺さぶられる感覚とともに、何か聞こえてきた。

「……せさん！　渡瀬さん！」

それが自分を呼ぶ声だとわかった瞬間、意識が一気に現実に引き戻された。

「……お、溺れるっ」

「大丈夫だ！　溺れない！　ここに水はない！」

「……本当だ。津々良さん、濡れてる……？」

代わりに、恐怖に陥った紗雪を抱きしめてなだめている津々良がずぶ濡れになっていた。

「す、すみません！」

「いや、こちらこそ非常事態とはいえ、女性に失礼なことをした。セクハラや痴漢で訴えられても仕方ない」

「い、いいえ、そういうことではなくて……それに、津々良さんになら平気というか、むしろ嫌じゃないというか」

紗雪は津々良が濡れてしまっていることを謝罪したのだが、彼は違うように受け取ったらしい。

恐怖による心拍数の上昇は、別のドキドキにすり替わってしまった。それも収まった頃、ようやく紗雪は口を開くことができた。

「……溺れて、死んでしまうかと思いました。北沢さんのお子さんが見た夢というのは、これだったのでしょうか？」

「おそらくは、そうだろう。自分たちの無念をわかってもらおうとしたのだろうな。ただの河原の石ではなく、これは亡くなった人々を悼むための積み石だと考えられる。ということは、泣き石として処理することはできない。きちんと、死者を悼むものとして扱わなければ」

津々良の手には、紗雪が池に投げ入れてしまったはずの石があった。これを拾うために濡れてしまったのだろう。

「お墓の石ってことですか？　そんな……大変なことが……」

「昔あの川が氾濫して、人が大勢亡くなったことがある。それで誰かが死者を悼むために積んでいた石なのかもしれないが、時が経ちすぎたため忘れられているのかもしれんな」

話しながら津々良が寒そうにしていることに紗雪は気がついた。比較的暖かい日とはいえ、冬に池に入ったのだから当たり前だ。

「津々良さん、お風呂に入ってください！　風邪をひいてしまいます！　その石のこと、私が調べておくので」

「……そうか。わかった」

津々良を早く暖まらせなければという思いと、この石について知らなければという思いが合わさって、紗雪は焦っていた。

津々良の背中を押して浴室に向かわせたあとは、すぐに自室に戻ってタブレットＰＣを立ち上げた。

日頃のちょっとした調べものはスマホで十分だが、なんとなくきちんと調べたいときはタブレットの大きい画面のほうがいい気がしている。

川の名前と洪水という単語で検索すると、地域ごとの災害の履歴をまとめているサイトがすぐに見つかった。それによると大雨による川の氾濫で、多数の死傷者が出たと書かれていた。六十年近く前のことだ。

そのサイトを見たあとも検索を続けたが、調べ方が悪いのか、詳しく書かれているものを見つけ出すことができなかった。

昔のことだからというよりも、規模が小さいからかもしれない。何百人単位で死者が出ているものは、ネット上で閲覧できる百科事典に記事が作られていたから、情報の集まりにくさは知名度によるもののようだ。

「そんな……人が亡くなっていることには変わりないのに……」

せめて調べてわかる状態ならばよかったのにと、紗雪は思った。調べて情報が出てくるのなら、もし誰かが興味を持って調べれば何があったのか知ることができる。そうやって新たに知る人が現れれば、いたましい災害のことを次の時代へと語り継ぐことができるかもしれない。

だが、わかりやすい形で残っていないということは、いつの間にか忘れ去られてしまうということだ。亡くなった人の悲しみも、つらさも、多くの人の命を奪った災害の恐怖も、誰も知らないことになってしまうということだ。

それはだめだと、あの恐怖を疑似体験した紗雪は思った。

「ネットは便利だが、こういうことを調べるのにはあまり向かないだろうな」

「津々良さん……」

どのくらいタブレットに向き合っていたかわからないが、気がつくと風呂上がりの津々良がそっとノックしてから襖《ふすま》を開けていた。濡れた髪は結っておらず、眼鏡も外している。その剝き出しの美貌に紗雪はドキリとしたが、すぐにそんな場合ではないと意識を引き戻した。

「ネットがだめなら、図書館という手がある。この手のことなら、役所に問い合わせてみるのもいいかもしれないな。人が大勢亡くなったことだから、近隣の寺に記録があるかもしれないし、当時のことを覚えている人がいるかもしれない。渡瀬さんは、どうしてやりたいと思った？」

津々良は、濡れた髪をタオルで拭きながら尋ねた。紗雪が突き動かされた理由を知りたがっているようだ。

「私は……知らなくちゃって、思ったんです。これが死者を悼むために積まれていたのだとしたら、お墓の石ってことになりますし、それなら誰のためのお墓なのかとか、あの洪水でどのくらいの人が亡くなったんだろうかとか……そういうこと、ちゃんと知らなくちゃって思ったんです。供養をしてあげたいですけど、何も知らずに供養って、できるものじゃないと思って……」

苦しいくらいに思いが胸にあふれるのに、うまく言葉にできなかった。

今日まで紗雪は、あの川で何があったかなど知らずに生きてきた。だが知ってしまったからには、知らなかった頃と同じようには過ごせそうにない。知らないふりは、できそうにない。

そのことを言葉にしたかったのだが、それがきちんと津々良に伝わったのか自信がなかった。それでも、彼は納得したように頷いて、柔らかく微笑んでくれた。

「もう語る口を持たぬ者の声に耳を傾け、心を寄せるのも拝み屋の仕事だと私は考えている。つまり渡瀬さんは今回、拝み屋の仕事として何をすべきなのか自分で答えを導き出したことになる。すごいな」

「でも、全然まだ何もできてなくて……」

「それはこれからやればいい。被害に遭った方々の慰霊碑などはあるのか、なければ作るための活動をしている団体はないか、墓などはどうなっているのか……知らなければいけないことがたくさんあるな。知ること、そして供養するために何ができるのか、時間がかかっても調べて考えていけばいい」

「……はい」

まだ何も解決していないし、何も進展してはいない。それでも紗雪は、もどかしさとともに自分が進歩できているのだと感じることができていた。

それは、津々良が紗雪をはっきり肯定してくれるからだ。紗雪の進歩を、きちんと言葉にしてくれるからだ。

今の自分はここに来たときの自分とは違うと、すっかり自覚できるようになっていた。

春の訪れを感じさせる暖かな日に、紗雪は夜船と一緒に廊下を磨き上げていた。

蔵で預かっていた例の呪物の引き渡しが完了したということで、離れと蔵の周辺の掃除が解禁されたのだ。

まず、離れへと続く廊下の掃除から始めようと思ったわけだが、二週間ほどでも埃というのは溜まるらしく、掃除機や箒では追いつかなかった。

だから掃除の手段でもっともスタンダードな、雑巾がけをすることにしたわけだ。

紗雪が雑巾を廊下に滑らせていくと、伴走しているつもりなのか追いかけっこのつもりなのか、夜船がそばを走る。紗雪が突き当りに行くと止まり、Uターンをして走り出すとまたついてくる。

その繰り返しをずっとしているから、紗雪としては一緒に雑巾がけをしている気分だ。

蔵での恐怖体験から、紗雪と夜船はすっかり打ち解けている。夜になると一緒に寝ると言って津々良が抱えていってしまうが、夜船は基本、昼間は紗雪にべったりだ。紗雪のここでの生活も慣れたもので、どこにでもついてきたがる夜船を軽くあしらったり肩に乗せたりしながら、家事や掃除をこなすことができるようになっている。

拝み屋の家に身を置くなどということは、きっと人生の中で一度あるかないかの体験だ。だが、ここでの暮らしがこれまでの人生の中でもっともゆったりとして穏やかなものなのではないかと、紗雪は感じていた。

「あ、津々良さん」

母屋のほうから津々良が歩いてくるのが見えた。遅めの朝食を終えて戻ってきたのだろう。疲れているのか、今日は起きてくるのが遅かった。というより、ここのところはずっと疲れているように見える。

「これから所用で出かけてくるから。昼食は、気にせず摂ってくれ」

「あ、はい。わかりました。私は、今日はついていかなくていいんでしょうか……？」

「ああ」

それだけ言うと、津々良はまた去っていった。そのあまりの素っ気なさに、紗雪は驚いてしばらく動けなくなってしまった。

「今日も、まただ……」

北沢家を訪れてから、紗雪は津々良の仕事に立ち会うことが一切なくなった。出かけるときはひとりで行ってしまうし、来客があるときもお茶出しをしたらすぐに退席させられてしまう。

まるで、紗雪を避けているようだ。

拝み屋の仕事がどういうものなのか、ようやくわかり始めたというのに。目の使い方もわかるようになってきて、津々良の助けになれると考えていたのに。

津々良自身も、紗雪のように内の目でものを見ることができる存在がそばにいると助かると言ってくれた。そうやって認めてくれたから、紗雪は彼のために頑張ろうと思っていたのだ。

だが、唐突に津々良に距離を置かれるようになってしまった。というより、出会ったばかりのような態度を取られるようになった。

不必要な会話はせず、無表情で、事務的——本当に、ここに来たばかりの頃に戻ってしまったようだ。

整ったあの美貌に柔らかな微笑みが浮かぶのを見るとどれほど胸をときめくかを知ってしまっただけに、この態度の激変はかなり堪《こた》える。

「……夜船さん。私、津々良さんを怒らせてしまったみたい。誰かを怒らせてしまうのは慣れっこのはずなのに、今回のはちょっときついな。……何をしたか、全くわからないからかな」

言いながら、それは違うと紗雪はわかっていた。

これまで誰に怒られようと嫌悪感をむき出しにされようとたいして気にならなかったのは、相手のことを紗雪も好きではなかったからだ。

短大の頃から付き合っていた恋人も、周囲に押し切られる形で始まった交際だったからか、今思えばそんなに愛着があったわけではない。

さすがに友人に嫌われれば傷つくが、社会人になってからは自分を取り巻く人間関係の中の誰に疎《うと》まれても、そこまで心を動かされなかった。

だが、津々良に素っ気なくされただけで、ひどく心がざわついている。避けられているのではないかと考えると、どうしようもなく胸が苦しくなる。

それは、紗雪が津々良に少なからず好意を持っているからにほかならない。どうでもいいなら、こんなふうに傷つくわけがないのだから。

そのことに気づいたのが距離を置かれてからだというのが、何とも情けなくて嫌だった。

「紗雪さーん、紗雪さん。ちょっとこっちに来てくれるー？」

紗雪が夜船を撫でて平常心を取り戻そうとしていると、台所から呼ぶ声が聞こえてきた。佐田だ。

返事をしてから台所に向かうと、上機嫌な佐田に迎えられた。

「佐田さん、何かいいことがあったんですか？　お買い得なものが買えたとか」

鼻歌交じりに買い物の荷解きをする姿を見れば、機嫌がいいのはすぐにわかった。もともと温厚で陽気な人だが、今日はさらに機嫌がいいように見える。

「それももちろんあるのよ。今日は、少し遅くなってしまったけど紗雪さんの雛祭りをしようと思って、ご馳走を作るためにいろいろ買ってきたから」

「あ、雛祭り……もう三月ですね、そういえば」

雛祭りのお祝いなんて、幼い頃以来だ。それにしたって、当日に雛あられを食べたり、母親の気分が乗れば夕食にちらし寿司が出たりするくらいだ。

だから、雛祭りのご馳走という響きに、紗雪は不慣れで落ち着かない気持ちと嬉しい気持ちが合わさってそわそわした。

「嬉しいです。今日は、何を作るんですか？」

「まず、定番のちらし寿司でしょ。それから雛祭りとは関係ないけど、紗雪さんの好きな手羽元の唐揚げでしょ。甘酒も菱餅《ひしもち》も買ってきたし、あとはハマグリのお吸い物ね」

ご馳走を作るのがそんなに楽しいのか、佐田はひどく浮かれている。楽しそうな人を前にすると、紗雪も少し楽しくなってきた。

「ハマグリのお吸い物、もしかしたら食べるの初めてかもしれません」

「あら、それは大変！　雛祭りのご馳走って、それぞれ意味や願いが込められているんだけどね、ハマグリのお吸い物にも意味があるのよ」

「どんな意味があるんですか？」

「貝殻って、二枚でひとつでしょ？　対《つい》になったものとしかぴったりはまることができないことから、『一生一人の人と添い遂げられますように』、つまり良縁を願って女の子に食べさせるんだって言われているのよ。だからね、気合いを入れて作らなくちゃって思って」

「そうなんですね」

ハマグリのお吸い物を食べる理由はわかったが、なぜ佐田がこんなに楽しそうなのかわからない。それに、意味深な視線を向けられているのも気になる。

「それがね、さっきここに来るまでにご近所さんに声をかけられたのだけど、『津々良さん家のお嫁さん、若くて可愛らしいわね』って言われたのよ！」

「えっ、お、お嫁さん⁉」

これがずっと言いたかったらしく、佐田は楽しくてたまらないというように、紗雪の肩をポンポン叩いた。まるで恋愛話に花を咲かせる若い女の子みたいだ。

「最近一緒にお仕事に行くようになったから、そのとき見られていたんでしょうね。尊さんの後ろをちょこちょこついていく姿が初々しくて可愛いって言われたから、『〝まだ〟お嫁さんじゃないんですよ』って説明しておいたのよ」

佐田に嬉しそうにされればされるほど、紗雪の気持ちはみるみるしぼんでいった。素っ気なくされたばかりだ。近所の人がどんな勘違いをしていたとしても、それと同じ勘違いを自分もするのは、とても無理そうだ。

「まだって……私が津々良さんのお嫁さんになることは、ないですけどね。あ、好みではないとか、そんな失礼な意味ではなく、むしろ向こうからお断りされてしまいます。第一、釣り合いが全く取れませんし……」

言っていて、ものすごく悲しくなっていた。自虐や謙遜ではなく、圧倒的に事実というのもつらい。

かたや地味な容姿でなんの取り柄もない小娘、かたや浮世離れした美貌の拝み屋だ。比べたり並べたりするほうが間違っている。

その事実を再認識すると、傷つくよりも冷静になった。

「あらあら。そんなことないと思うんだけどね。釣り合うとか釣り合わないとか、気にしなければいけないのはお互いの気持ちだけでいいのよ。好きの気持ちをお互い同じずつだけ持ち寄ることができるふたりなら、年齢や立場が違ってもうまくいくと思うわ。だから私、格差婚なんて言葉は大嫌いなの」

しょんぼりする紗雪を励ますように佐田は言うが、紗雪の気持ちが浮上することはない。

自分以外のことなら、佐田の考え方に同意する。確かに、人気女優と駆け出し俳優なんかの結婚を格差婚などと表現することに関しては、下品だなと感じていた。

だが、まかり間違って津々良と紗雪が縁を結ぶことがあったら、それは正しく格差だと思う。

「訳あって紗雪さんを預かっているというのは、わかるのよ。でもね、彼がこんなに長く人を自分のそばに置いておくことなんてないし、仕事に立ち会わせたり連れていったりなんて、これまであり得なかったもの。それにも理由があるのだとしても、紗雪さんを気に入っていないとしないことよ」

流しに立ち、米をとぎながら佐田は言った。何も手伝わないわけにはいかず、紗雪もその隣に立った。

「その……気に入られているというのは、なんとなくわかります。私の目が役に立つと、言ってもらったので。でも、津々良さんが恋愛的な関心を私に持つとは思えないんですよね。私のほうは、こんなにちゃんと扱ってもらえたことも気にかけてもらえたのも初めてで……おまけにあんなにきれいな人だから……その、好きにならない理由がむしろないんですけど……」

津々良のことを好ましく思っているのを認めることには、何の抵抗もなかった。

だが、彼に好かれる要素が自分にあるだろうかということを考えると、何ひとつ浮かばない。

まだ一緒に過ごして二か月足らずだとか、そういうことではない。何か月過ごしても、何年一緒にいても、彼と自分の縁が重なることなど考えられなかった。

「何か秀でたところがあるとか、特別なものを持っているから、人を好きになるわけではないと思うのだけどね。……でも、尊さんは紗雪さんの存在に感謝してると思うのよ。あなたは、彼のことを人間扱いしているから」

「人間扱いって、当たり前じゃないですか……誰か、津々良さんにひどいことするんですか？」

佐田の口から出た思わぬ言葉に、紗雪は驚いてしまった。

人間を人間として扱うことなんて、当たり前だ。その当たり前のことをして感謝されるというのは、よくわからない。

「その当たり前のことを当たり前だと言ってくれる人が、尊さんの周りにはいなかったのよ。みんなが彼を頼りにして、ありがたがって……そのせいで彼の苦労や孤独には気がつかない。目を向けようとしない。神様みたいな扱いよね。神様に悩みがあるなんて、誰も考えやしないから」

佐田は、ずっと津々良家の家政婦をしていると言っていた。ということは、彼の過去も、前の職業も、いわゆる本家での扱いも知っているということだろう。

だから、紗雪にはわからないような、津々良の苦しみみたいなものがわかるということなのかもしれない。

「まあ、お付き合いをするとか結婚するとかは、いろんな縁の導きだとか気持ちだとかが大事になるからわからないけれど……紗雪さんにはこれからも尊さんと一緒にいてあげてほしいわ」

それはきっと、佐田の願いなのだろう。

だが、津々良の願いかどうかはわからないから、紗雪ははっきりと返事をすることができなかった。

佐田とふたりで作ったため、その日の夕食は豪勢なものになった。数日遅れの雛祭りのご馳走に津々良が気がついて何か言うかと思ったが、彼は少し食べて「おいしかった」と言っただけだ。せっかくの雛祭りのご馳走だからと思ってお酒を勧めてみたが、苦々しい表情で「下戸《げこ》なんだ」と言って部屋に戻ってしまった。

まだ、ひどく疲れている様子だ。

蔵の呪物が引き取られるまでは、影響を抑え込むために力がいると言っていた。だが、引き取られた今も、相変わらず疲れて見える。

そのことがすごく気になったものの、聞くことができなかった。聞いてもはぐらかされるか、「渡瀬さんには関係ない」と言われるかもしれないから。

はぐらかされるよりも、関係ないと言われることが怖かった。

残り物を冷蔵庫に片付けて食器を洗ってから、紗雪もしょんぼりと部屋に戻った。

その落ち込んだ気持ちにさらに追い打ちをかけるように、スマホに電話がかかってきた。画面に表示された名前を見て、少しためらってから出る。

「もしもし」

『紗雪、お母さんよ。あんた、今何してるの？　仕事辞めて少し休みますって連絡あったきりだから、心配してたのよ』

「あ、それは」

『少し休むってどのくらい？　ちゃんと求職活動はしてるの？　そういえば、住むとこどうなってんのよ？　確か、前に住んでたとこは社宅でしょ？』

「あのさ……」

電話に出て早々、言いたいことを一方的に言って口を挟む余地を与えない母親に、紗雪は閉口してしまった。

世の中には、人の話を聞く用意がある人とない人がいると、紗雪は最近気がついた。もちろん、母親は後者だ。

津々良は口数は少ないものの人の話を的確に引き出すことができるし、佐田はおしゃべりであっても人の口を塞ぐタイプではない。

その反対に紗雪の母親は聞きべただし、好きなことをしゃべり倒すだけで相手と会話を楽しんでいるわけではないのが厄介だ。

嫌いではないが、母親といると何も言葉を発することができない息苦しさが嫌で家を出たのだと、紗雪は改めて思い出した。

「お母さん、話を聞く気があるんだったら、少しでいいから黙っててくれるかな？　それじゃ、私が話す隙がないよ。質問攻めにして答えがほしいなら、メールにして。箇条書きにしてくれたら、ひとつひとつ答えます」

『あ、ごめん……心配で、つい』

紗雪が努めて冷静に言うと、母親はすぐに神妙になった。

これまでの紗雪なら、母親のけたたましいおしゃべりに負けて、自分の意見を言えず、「うん」とか「違う」とか短い返事を挟むのがやっとだっただろう。そして、心の中に言えなかった言葉を溜めて、気持ちを淀ませてしまっていた。

だが今は、それではいけないと思っている。それに何より、自分の言葉で母親に現状を伝えなければならないこともわかっている。

「お母さんにお祓いを勧められたでしょ？　それでお寺さんに行ったんだけど、そこで拝み屋さんを訪ねるように言われたの。そっちのほうが、私の状態には合うだろうからって。それで、今はその拝み屋さんのところに身を寄せさせてもらってます。津々良さんっていうんだけど」

『へぇ……それは、紗雪の状態が悪かったからってこと？　何？　どっかの宗教に入信させられたとか言うんじゃないでしょうね？』

「違う。拝み屋さんって、別に新興宗教とかじゃないから」

『そうなの？　それなら、いいんだけど……』

話を聞いてほしいという紗雪の言葉が通じたのか通じていないのか、母親はやはり細かく言葉を挟んだ。短い相槌を打つというのが苦手なのかもしれない。黙って先を促すということを決してしてくれないから、話すのは大変だった。

それでも、紗雪は根気強く今の自分の状態を説明した。これまであまり話すことがなかった目のことも、それゆえの生きづらさのことも。会社がつらかった話も、辞めてからの充実した生活のことも。

こうして話してみて、紗雪はもっと母親に話を聞いてほしかったのだと思い知った。反りが合わず、話せば傷つくことが多かったから、いつしか対話をやめてしまったが、本当は自分の言葉に耳を傾けてほしかったのだ。

『そっか……よくしてもらってるんだね。そこが紗雪にとっていい環境だっていうのは、話を聞いてよくわかったよ。話し方とか、今までと全然違うし。こんなにしゃっきり話せる子だったたなんて、知らなかった』

ひとしきり話を聞いてから、母親はしみじみと言った。それを聞いて、紗雪もなんだか安心した。かつての自分を知る人にそう言われるということは、本当に変われているということだ。津々良の言うところの人間性とやらを、きちんと見つめ直せているということだろう。

「私、これまで我慢してるのがいいことだって思ってたの。でも、津々良さんに『痩せ我慢は美徳ではないし、察してもらうまで待つのは慎ましさでも何でもない』って言われて、ちゃんと自分のことを主張しなくちゃって思うようになったんだ」

あの日言われたことを、紗雪は再び噛みしめた。

母親との関係を振り返れば、津々良の言葉どおりだったことがわかる。押しの強すぎる母親に押されるがまま生きてきたために、紗雪は母親に苦手意識を募らせ、母親は紗雪をよく理解できない子だと思っていたのだから。

『その人、いいこと言うんだね。ちょっと言い方はきついけど。その津々良さんって人は女性？』

「ううん、男の人」

『あんた、男の人と同棲してるってこと⁉』

「ど、同棲⁉　違う違う！　そういうのではなくて、大きなお屋敷の一室に住まわせてもらってるだけで、同棲とかそんな感じではなくて……」

状況を端的に知らされただけでは母親が心配するのも無理はないと気づき、紗雪は慌てて詳しく説明した。津々良邸の規模と造りを説明すれば同棲などという言葉がニュアンスとしてかなり違うのは通じたようだが、それでもやはり不安は感じるようだった。

『そうは言ってもさ、男の人と暮らしてるのは変わりないわけでしょ。黒猫ちゃんもいるとはいえね。……ずっとは続けられないってことは、自覚しときなさい。居心地がいいならなおさら』

紗雪の説明を聞いて、母親はまとめるみたいにそう言った。本当はきっと、もっとたくさん言いたいことがあるのだろう。でも、今の紗雪のことを考えて飲み込んでくれたみたいだ。

改めて客観的な意見を聞いて、紗雪の心も落ち着いた。津々良との関係は、紗雪の中ではもう、拝み屋と依頼人というものを超えてしまっている。それがそもそも、まずいのだ。そのことは、わかっているつもりだった。

「ずっとは続けられない、か。やっぱり、そうだよね。あんまり職歴にブランク空いても、何してたか尋ねられたら困るから、そろそろ本格的に就活しなきゃとは思ってた。好きなだけここにいていいっていうのも、建前だろうしね。その建前に甘えていつまでもいさせてもらうなんて、図々しいし……」

紗雪は、自分に言い聞かせるように言った。本当なら、こんなふうな生活も待遇もあり得ないことで、すべて津々良の厚意の上に成り立っていることだ。素っ気なくされたのは、それに気づけということだったのかもしれない。

だが、いざ言葉にするとかなり胸に刺さった。声が震えるのを母親に悟らせないようにするのが難しくて、できなかったかもしれない。

『人にどれだけ分け与えても平気なくらい持ってる人間もいるけど……それでも、返せないほどのものをもらっちゃだめだよ。そうなるとね、相手への感謝を越えて、後ろめたさとかやましさみたいなものを抱えることになるから。自分の中で期限を区切って、ちゃんと出ていく算段をつけなさい。お金の面なら、少しくらいであればお母さんたちも用意があるから』

「そう、だね。わかった。また状況が変わったら連絡するね」

以前より会話が成立したとはいえ、やはり母親と話すのは疲れるものだった。何より、言われることがいちいち的確で、胸に刺さりすぎて、これ以上何か言われるのに耐えられそうになかった。

母親が悪いのではなく、言われることに自覚があるからつらいのだ。

どこかで区切りをつけなければいけないのも、このままずっとこの生活を続けていけないことも、わかっていることだ。

返しきれないものをもらっちゃだめっていうのは、無理だ。もうたくさんもらってしまったし、きっとこれは絶対に返すことができない。津々良さんにもらった自信も、津々良さんへの想いも……返せないし、手放したくない。――紗雪は込み上げる思いを嚙みしめる。

もっと早くに離れる決意をすればよかったと、今になって後悔した。せめて好きだと気がつく前にもとの生活に戻っていれば、忘れることもそこまで苦にはならなかっただろう。もう簡単に忘れることができないくらいには、津々良のことを好きになってしまっていると自覚した。

だが、自覚した今だからこそ、離れるのにちょうどいいのかもしれない。

避けられているのはわかっているから、少なくとも呆れられる前に去れるようにと、紗雪は本腰を入れて職探しをすることに決めた。

とはいえ、変化があったのは紗雪の気持ちの中だけのことだ。

この手のことは不言実行が望ましいだろうと、紗雪は黙って就活を続けた。なかなか条件に合うものは見つからないし、転職するには経歴や持っている資格が弱すぎるという現実に直面していた。

就職できたとしても、またブラック気味の会社での苦しい生活に逆戻りだ。そういう場所に身を置けば自分の周りの人がまた不幸な目に遭うことはわかっているから、どうしてもそこは妥協できなかった。

それでもいくつかの会社にはエントリーしてみては、書類や電話の段階で落とされたり、面接に進んでもだめだったりと、今のところ戦績はふるわない。

高望みをやめて派遣会社に登録することから始めようかと考えながら、家の掃除をして一日を終えようとしていたある日のこと。

津々良の留守中に人が訪ねてきた。

「尊様、ご在宅かしら？」

インターホンが鳴って玄関まで行くと、そこには黒髪の若い女性がいた。ライダースジャケットにスキニージーンズを合わせたスタイルのよさを活《い》かした服装のひと目でわかる美人だが、その容姿よりも彼女の言った言葉にまず驚いてしまった。

「えっと、津々良さんは今、外出してます。戻る時間もわからないので、お待ちいただいてもいいんですけど、かなりお待たせすることになるかも……」

言いながら、その女性に鋭い視線を向けられてたじろいだ。明らかに睨んでいる。頭の先からつま先までしげしげと見られているという、わかりやすい値踏みの視線だ。

そんなふうに見られるのは落ち着かないし怖いと思いつつも、美人を前にするとその美しさについ見入ってしまった。

目鼻立ちがはっきりしていて、眉も睫毛《まつげ》も濃かった。紗雪があっさりしたタッチで描かれる漫画のキャラクターだとしたら、目の前の彼女は劇画タッチの漫画のキャラクターだ。しかも、紗雪はモブだが、彼女は間違いなく主要キャラクターだろう。

神の作画コストの差のようなものを意識させられている間に、女性は紗雪の値踏みを終えたらしい。その表情は一層険しくなった。

「あなたが、尊様にお世話してもらっているっていう図々しい居候？」

「え……そ、そうです」

あまりにストレートな悪意に、思わず普通に答えてしまった。怒るとか聞き返すとかしてもよかったのだろうが、とっさには難しかった。

「『そうです』って、本当に図々しいわね！　あの人はそもそも、こんなところでこんな暮らしをしているような人じゃないのよ！　本当だったら一線を退いても本家で大切にされて、不自由なく過ごせているはずなのに……それを、拝み屋なんて……」

女性は食い殺さんばかりの勢いで、紗雪に文句を言ってきた。

佐田からちらっと津々良の過去について聞かされていたから理解できたが、そうでなければ何を言われたのかわからなかっただろう。

「まだできることがあるなら人の役に立ちたいっていう、尊様の素晴らしい考えはギリギリ理解できたわ。でも、その拝み屋の仕事があなたみたいなただの小娘のために弱っていくことだとしたら、黙って見てられない！　許せないわ」

「え……」

女性は、ついに紗雪に摑みかかった。胸倉を摑まれ、激しく揺さぶられる。女性のほうが身長があり、小柄で華奢な紗雪はわずかに体が持ち上がってしまった。だが、そんなことよりも言われた内容のほうが気になった。

「私のせいで弱るって……」

「そう、あなたのせい！　あなたみたいに無自覚で、勝手に怪異に巻き込まれたり何かに憑かれたりする人間がいるせいで、拝み屋なんて仕事が必要になるの！　でも、私はいらないと思う！　少なくとも尊様があなたみたいな無自覚で感謝もない図々しい人間のために力を使って弱っていくなんて許せない！　あなたのせいで、尊様の貴重な寿命が少なくなっていくなんて……！」

「え……」

胸倉を摑まれて苦しいのもあったが、言われたことの重大さに紗雪は息が止まるかと思った。「弱っていく」「寿命が少なくなっていく」という表現は普通なら比喩だと思うだろうが、心当たりがあったために怖くなったのだ。

「……津々良さんが最近疲れた様子なのって……」

「そうよ！　あなたが来たから！　拝み屋なんてやってるから！　尊様が拝み屋になって救おうとしてるのは、みんなあなたみたいな無自覚な一般人！　そんな一般人の命と尊様の命なんて、比べるまでもないじゃない！　あなただってわかるでしょ！　わかるなら、今すぐ頭を下げてここから出ていって！」

「……っ」

女性はものすごい形相で腕を振り上げた。紗雪は叩かれると覚悟して目を閉じたが、いつまで経っても衝撃はやってこなかった。

「そういう選民意識が嫌で、本家を出たんだ。それは何度も話しただろう？」

「尊様……」

聞き覚えがある声がして目を開けると、ずいぶん高いところに津々良の顔があった。

紗雪はいつの間にか女性にのしかかられて三和土《たたき》の上に倒され、津々良に見下ろされる体勢になっていたのだ。彼が、振り上げた女性の手を摑んでいた。

「本来なら、津々良の姓を名乗るのも嫌なんだ。こんなことなら、すっぱり縁を切ったほうがよかっただろうか」

「そんな……」

「人の稼業にも口を出すな。私がやりたくてやっていることだ。まあ、自分たちの命は尊く、そうではない者の命などどうでもいいと思う輩《やから》には、わからないだろうがな。──楓《かえで》、塩を撒かれる前に帰れ」

「……失礼しました！」

津々良が低い声で言うと、女性は泣きそうになって逃げ去っていった。先ほどまでの苛烈さと今の涙のにじむ目を見てわかったが、彼女は間違いなく津々良のことが好きなのだ。心酔しているといった感じだろうか。

「私の血筋の者が失礼をしたな。……嫌な思いをさせたくて、渡瀬さんをここに置いているのではないのに。申し訳ないことをした」

「いえ……大丈夫です」

「もう二度と、来ないようにさせるから」

津々良は屈み込んで紗雪を助け起こすと、心底申し訳なさそうに言った。楓と呼んだ女性に対して発した声とは違い、感情の乗った柔らかな声だ。

怖い思いをさせられていたのもあって、津々良のその優しい表情と声に、紗雪はほっとして泣きそうになった。だが、それ以上に胸が苦しくなった。

「……大丈夫です」

たとえあの人がまた来ても、私が出ていくので――その言葉だけは言えなくて飲み込んだものの、紗雪の気持ちはもう決まっていた。

自分のせいで津々良が弱っているのだというのなら、もうこれ以上ここにはいられない。

第五章　安息へ至る道

Ogamiya tsudura
kaikiroku

楓に責められた日の夜、紗雪は夢を見た。

懐かしい、祖母の夢だ。

母親と反りが合わない紗雪にとって、父方の祖母は心を許せる貴重な肉親だった。

母親は自分の話ばかりする押しの強い人で、父親はそんな妻に育児もおしゃべりも任せきりの静かな人だ。だから、祖母がいなければ紗雪は自分の気持ちや状況を吐露する相手がいなかったということになる。

紗雪たち家族が暮らす家と祖母の家は車ですぐ行ける距離にあったから、最低でも月に一度は会いに行っていた。紗雪がせがんで、毎週末行っていたこともある。

祖母に会いに来ると、紗雪はたくさんおしゃべりした。家でも学校でも自分は口べたで話したいこともあまりないと感じるのに、祖母に会うと言葉が溢れて止まらなくなるのだ。

お絵描きをしても一緒にテレビを見ても、何もせずに縁側に並んで座っているだけでも、話したいことが次から次に出てくる。

小さな頃は楽しい話が多かったが、成長するにつれて悩み事を打ち明けることが増えていった。

友達とうまくいかないこと。意地悪をしてくる人がいること。怖いものを見てしまうこと。

そういったことを話すたび、祖母は優しく笑って頭を撫でてくれるのだ。そして、

「ばあちゃんが味方だから、大丈夫よ」と言ってくれるのだ。

実際に祖母が学校に乗り込んできて問題を解決したことなどないが、そう言ってくれるだけで紗雪にとってはお守りのように心を強くしてもらえていた。

だから、高校生になってひどいいじめに遭ったときも、祖母に泣きついたのだ。

教師は、役に立たなかった。母親は、いじめられる性質ではないから紗雪を理解してくれなかった。

そのため、最後に頼った祖母に対しては、本当に切実に訴えたのだと思う。

夢の中で、紗雪は高校生に戻っていた。泣いて、荒んでどうしようもなくて、大好きな祖母にも八つ当たり気味に接してしまっている。

この少しあとに祖母は風邪をこじらせて入院して、そのまま亡くなってしまうのに。

「紗雪ちゃん、ばあちゃんが全部なんとかしてあげるからね。その目も、ばあちゃんが塞いであげる」

泣いて苦しむ紗雪に、祖母は言った。皺だらけの小さな手で、そっと背中を撫でながら。

それまでヒステリーを起こして泣いていた紗雪は、その言葉にハッとしたのを覚えている。

「そんなことしたら、死んだあとおばあちゃんを見られないよ。……怖いおばけばかり見えても耐えてたのは、いつか大切な人が亡くなっても見ることができるからって思ってたのに……！」

祖母の覚悟のようなものが伝わってきて、そのときは何だか怖くて不安だった。だが、祖母はそんな紗雪を安心させるように言ったのだ。

「見えなくても、紗雪ちゃんのそばにいるよ。ばあちゃんが守ってあげる」と——。

夢を見て、すべてを思い出した。すべてを理解した。

祖母の死後、この目が恐ろしいものを見ることがなくなった理由を。

いじめっ子たちが、みな都合よくいなくなったり学校を辞めたりした理由を。

そのときは、祖母の死から立ち直ることと急激な環境の変化に慣れるのに必死だった。

でも、途端に何もかもうまくいくようになって、残りの高校生活と短大生活が楽しくて忙しくて、いつしか忘れてしまっていた。

「……おばあちゃんが、やってたんだ」

会社で周りの人が不幸な目に遭っていたのは、紗雪のつらい状況を見かねた祖母の霊のしわざなのだろう。

そして今、津々良がやたら消耗しているのは、その祖母の霊を抑えてくれているからではないか。

夢を見たらすべてを思い出し、話が繋がったことに、紗雪はぞっとした。

背筋が寒くなって布団から起き上がると、ここに来るときに一人暮らしの部屋から持ってきた、愛犬ナナの写真が目に入った。

「ナナちゃん……」

寿命といえばそれまでだが、まだ生きてくれると信じていた。実際に、弱ったところなどなかったのだ。それなのに、ナナは突然死んでしまった。

きっとナナの死も、紗雪のせいなのだ。

ナナの死と、周囲が不幸な目に遭い始めた時期が重なることを思えば、おのずとその答えに行き着く。

そして、このままここにいれば、津々良や可愛い夜船を傷つけてしまうだろうということもわかる。

それだけは、嫌だった。

昨日、あの女の人が来たのがいい機会だったんだ……もう、終わりにしなくてはいけない。――そう決意して、紗雪は部屋を出た。

「あの……そろそろ私、ここを出ることにします」

朝食の席で、そう話を切り出した。

今朝も体がきつかったのか、津々良はなかなか起きてこなかった。だから紗雪が米を炊き、味噌汁を作り、魚を焼いた。それから昨夜の夕食のときに多めに作っておいた青菜のおひたしを並べ、いつもの朝食を完成させた。

津々良のところに来てから、きちんと食べるようになった〝当たり前の食事〟だ。佐田に教えてもらい、最近では簡単な食事を作れるようになった。

「出るとは……またひとりで暮らすということか？　仕事や住むところは、決まったのか？」

津々良の顔に、はっきりと困惑の表情が浮かんでいた。そんな顔をされるとは思っていなかったため驚いてしまい、紗雪は用意していた言葉をするっと口にできなかった。

「えっと……内定が出たんです。一社。短大時代の友達が勤めているところで、それで、初任給出るまでその子が自分の部屋に来たらどうかって。一緒に引越し先も探そうって言ってくれて……」

「ずいぶん急だな。スーツを着て出かけるのを何度か見かけたから就活をしているのだと察してはいたが、夕食時の顔はうまくいっているようには見えなかったがな」

「それは……急に決まったので。全然、書類選考止まりだったのは事実です。うまくいったというより、運がよかっただけです。たくさんエントリーして、それでようやく通ったので……」

まさか今日言うことになるとは思わなかったが、昨日、楓という女性に恫喝《どうかつ》されてから、ずっと考えていたことだ。

津々良に何と言われるだろうか、どんな質問をされるだろうかと何度もシミュレーションして、それで用意した台詞《せりふ》だった。

しどろもどろになりながらもそれを言うことができたから、これできっと納得させられるだろうと思っていた。

だが、津々良は静かに紗雪を見つめてから、深々と溜め息をついた。それから、たいしてずれたようには見えない眼鏡をかけ直すような仕草をした。

呆れたのか、うんざりしたのか。わからないが、その溜め息と仕草は紗雪の心臓に悪かった。

「……渡瀬さん。あなたがどんなところに就職するつもりかはわからないが、演技が必要な場所なら絶対にやめたほうがいい。嘘が、あまりにへたすぎる」

苦笑いのような表情を浮かべて津々良は言った。嘘がばれて、それで呆れられたのだとわかって恥ずかしくなる。というより、津々良のその表情は、子供のいたずらを見咎めた大人がするそれだ。

「な、内定はちょっと嘘をつきましたが……ここを出ようというのは、本当です。親も心配していて、たぶん今なら少しくらいだったら厄介になっても大丈夫です。だから、そろそろここに居続けるのもどうかなと思いまして」

言いながら、津々良の視線にすべてを見透かされているようで、紗雪は落ち着かなくなった。

それでも、紗雪はもう出ていくのだ。ばれても見透かされていても、関係ない。

「実家とうまくやれるなら、最初から候補にしていたはずだ。それがなかったということは、あなたにとって実家や両親のそばは居心地のいいものではなく、むしろ毒になり得るということだろう。別にそれは、責められることでも負い目に感じることでもない。悪い人間ではなくても、親子になると途端に相性が悪い相手というのはいる。あなたのところは、そういう関係なのだろうと思っていたが」

「ええと……まあ、そうですね」

自分の親子関係を津々良に話したことはなかったはずなのに、見事に言い当てられてドキリとした。本当に悪い人間ではないと思うのだが、両親とは年に数回会うくらいが一番いい距離感だと紗雪は結論づけている。紗雪も母親といるとストレスだが、それは向こうも同じなのだ。

だから、わずかな期間とはいえ実家に身を置くというのは、本音をいえば避けたいことだった。そうはいっても、いつまでもここにいるのはおかしい。

「私は不出来な子供なので、正直実家に帰っても居心地はよくありません。でも、だからといっていつまでも他人のご厄介になっているのは、違うだろうと思いまして……お世話になりました。津々良さんのおかげで、疲れ果てた心身を十分に休めることができました」

決意が固いことを理解してもらおうと、紗雪は畳に手をついて頭を下げた。土下座みたいな格好になってしまっているが、他に礼を示す姿勢を知らない。

「まあ……いずれ出ていきたいと言われればそれまでの関係だったとはいえ、嘘をつかれたままなのは嫌だな。世の中にはつかなければいけない嘘もあるが、これはそうなのだろうか？　どうしても本当のことを言いたくないなら無理強いはしないが、本当のことを知らせずに去るなんて薄情だな」

恩を感じている相手に薄情と言われるのは、とても心苦しいものがあった。だが、だからといって話せることなど何もない。出ていくと決めたこと以外、何も決まっていないのだから。

「う……」

「昨日、楓が渡瀬さんをいじめたからか？　津々良の一族はああいった選民意識が強いのが本当に嫌なんだ。もう、家には入れさせないから」

「いえ、あの人のせいではなくて、そろそろ甘えっぱなしなのもいけないと思っていたんです。それに、いじめられたのではなくて、本当のことを言われただけなので……殴られそうになったのは、怖かったですけど」

「やはりあれに何か言われたのだな。なぜ隠す？　そうやって何も言わないことが、これまでのあなたの悪いところだったと自覚したばかりだったんじゃないのか？　言わなければ、またもとの悪い性質に逆戻りだぞ」

初めは呆れているだけだったのが、紗雪が本当のことを言わないからついに津々良は怒りだしてしまった。

津々良の怒りは静かだ。決して声を荒らげない。だがそのぶん、その美しい顔に凄みが増すから、それを目の前にすると威圧されてしまう。

「……私の周りの人の不幸は、私の祖母が引き起こしていたんだって気づいたんです。憑いてるのが私のおばあちゃんだから、津々良さんは祓うことができなかったんですよね？　そのせいで、津々良さんは弱ってしまっているんですよね？　今まで知らなかったから図々しくここにいられただけで、知ってしまった今は、もうこれ以上ご迷惑はかけられません。というより、自分のせいで津々良さんが弱るなんて耐えられません……」

できれば、打ち明けたくなかったことだ。津々良が言わずに隠していてくれたことなら、黙っているべきだと考えていたから。

それでも、何も言わずに立ち去るのも不義理だと今はわかるから、言ってしまうしかなかった。

祖母が周囲を害していたというのは、今でもどこか信じられないが。

「助けが必要な人が助ける力のある人間に頼ることは、図々しいことだとは思わないがな。それに、言わなかったのは私だ。ここに依頼に来たときに言ったとしても、わかりはしなかっただろうし、直接伝えるよりもいい方法があると思って様子を見ていた。人間性を見直すことができれば、自然と解決するかと考えていたのもあるが……渡瀬さんは、今日までここにいたのが本当は不服だったのか？」

少し寂しそうに言われて、紗雪の胸が痛んだ。傷つけたかったわけではないし、不服があったわけでは決してない。

ただ、これ以上弱ってほしくないだけだ。

「津々良さんには、本当によくしていただきました。ここにいていいと言ってくださったおかげで、これまでにないくらいゆっくりとした日々が送れました。社会に出てからボロボロになっていた心が、すっかり癒やされました。そして、拝み屋の仕事がどんなものか近くで見させてもらって、その大変さの片鱗《へんりん》を感じたので、これ以上もうご迷惑をおかけしたくないなって……。私に憑いてるものがおばあちゃんなら、それは私が背負っていくべきものだから」

紗雪は、噛みしめるように言った。津々良に言うだけでなく、自分にも言い聞かせている。

ここを出るなら、これからはすべて自分で背負わなければいけないのだ。それを、言いながら自覚した。

「そうか……あなたにその覚悟ができたのなら、あなたのお祖母様《ばあ》を祓おう。お祖母様が憑いているのではなく、あなたの問題だったからな。無理やり解決することもできたが、できればあなたの覚悟が決まるまで待ちたかった。いつまでたってもあなたの準備ができないのなら、強引にことを進めねばならなかったがな」

　津々良が、何か納得したような顔で言った。その眼鏡の奥の目は、一瞬だけ不思議と金色がかっていた。それで、力を使ったのだとわかる。今きっと、内の目で紗雪のことを見たのだ。

「さあ、お祖母様のために、あなたの問題を片付けようか」

　場所は応接間に移った。紗雪が最初に訪ねたときに通された部屋だ。

　応接間で紗雪と津々良は向かい合っている。かつて見てきた依頼者と彼が対峙してきたのと同じように。

「おばあちゃんが憑いてるわけじゃないって……どういうことですか？」

　これから自分が祓われるのはわかったが、それがどういうことなのか紗雪は理解できていなかった。祖母が紗雪を守護したいがために、周囲に悪影響が出ていたのではないということとなのだろうか。

「お祖母様のせいにしてはいけないということだ。最初は彼女の意思だったかもしれないが、今現在まで引き留めているのは渡瀬さんの意思だ。『勝手に助けてくれただけ』なんてことは言わないよな？　そこを、誰かのせいにしてはいけない」

　紗雪に理解させるために、津々良の口調はやや鋭い。そのぶん、紗雪もまっすぐに受け止めることができた。それはひどく、つらいことではあったが。

「……私が『助けて』って言わなければ、思わなければ……私が、自分のことを自分でできていれば、おばあちゃんが私の周りに何かすることは、なかったってことですか？　おばあちゃんが私をいじめた人にひどいことをしたわけではなく、私がおばあちゃんにさせたということなんですね？」

祖母の夢を見てからも、紗雪はどこかで自分は被害者だと思っていた。もしくは、ただ巻き込まれただけだと。

だが、津々良の言葉を正しく理解するならば、紗雪はそんな無関係の被害者ではない。むしろ、呪いの根源だ。

「そうだ。あなたの周りで起きたことは呪いではなく、あなたを心配するお祖母様の思いが原因だ。だが、〝思い〟を〝呪い〟に変えてしまったのは、あなたの心の弱さに起因する。そこを誰のせいにすることなく受け止めなければ、お祖母様を楽にしてやることはできない。……あなたは、自分の大切なお祖母様に悪いものになってほしいのか？」

「そんな……」

紗雪が思い出したのは、いじめを苦にして自殺しようとした少年の魂だ。彼はただ苦しかっただけなのに、その苦しみから逃れたかっただけなのに、あんなふうに変容してしまっていた。

あの少年と同じことが祖母にも起きてしまうかもしれないと思ったら、紗雪はものすごく恐ろしくなった。自分のせいで祖母を苦しめるなんて、絶対に嫌だ。

「もう、お祖母様を送ってやるんだ。——手を離して、『もう大丈夫です』と言ってやれるね？」

優しく諭すように津々良に言われ、紗雪は何度も何度も頷いた。

「じゃあ、心の底からそう言うんだ。お祖母様を安心させてあげなさい」

「……はい」

津々良が両手を合わせるのに倣い、紗雪も手を合わせた。それから、頭の中に大好きな祖母の姿を思い浮かべる。

いつも身ぎれいにしていて、穏やかな人だった。料理もお菓子作りも得意で、ちょっとした裁縫もできたから、可愛いぬいぐるみやきれいな刺繍の入ったハンカチをもらったこともある。

にこやかで柔らかな雰囲気の祖母と一緒にいるといつも落ち着くことができたが、何より紗雪を癒やしたのはその声と話し方だ。

高すぎず低すぎず、そして程よいテンポで話してくれる人は、祖母を除いてほかにいなかった。その声になだめられ、励まされ、紗雪は育ったのだ。

——……おばあちゃん。

その声をもう二度と聞くことはできないが、記憶の中にはずっとある。

——もう、私は大丈夫だ。優しい笑顔も、心配そうにする顔も、全部きちんと思い出せる。最後は、心配そうな顔ばかりさせてしまったのが残念だ。本当なら、大好きな祖母のことを笑顔にしたかった。

——嫌なこともつらいことも、ちゃんとひとりで乗り越えるよ。ひどいことする人には、自分で文句を言うから。かわす術《すべ》も身につけるから。だから、ひとりでもう大丈夫。

目を閉じて、手を合わせて、自分の中の祖母が笑ってくれるのをイメージするが、なかなかうまくいかない。困った顔をしている。

津々良は、ずっと経を唱えてくれていた。低く力強く響く、独特な経だ。

その経が、紗雪の内側に届いて力を与えてくれている気がする。それでも、まだ足りないのだ。

「これで縁が切れるわけではない。繋がり方が変わるだけだ。離れたところから見ていてもらえるよう、気持ちをしっかり持ちなさい」

経を唱えるのを止め、津々良が言った。まだ踏ん張りが足りない紗雪の心を支えようとしてくれているようだ。

合わせた手のひらにギュッと力を入れ、目もきつく閉じた。少しも弱々しいところはない、強く念じるだけの意志の力があるところを見せようとしたのだ。

――おばあちゃん、大丈夫だよ。私、自分のことを大切にして生きていける。ちゃんと、自分をよくするために生きていける。誰かに蔑ろにされたり、軽んじられたりするために生きてるわけじゃないって、今はもうわかったから。周りの人を大事にするために、自分のことも大事にするから。

祖母に伝えるために、津々良のもとに来てからの自分のことも思い出してみた。

きちんと食べること、身の回りをきれいにしておくこと。周りに流されるのではなく自分の頭で考えること、自分の気持ちを大切にすること。

たったそれだけのことで、紗雪の人生はものすごく生きやすくなったのだ。それはまず紗雪自身が、自分のことをきちんと人間として扱えるようになったからに他ならない。

津々良は、人は扱われたように振る舞うようになると言ったが、それは他人ばかりではなく自分で自分をどう扱うかということも含まれているのだ。

それがわかったから、紗雪はもう大丈夫だ。祖母に泣きついて心配をかけたりしない。

これからは仏前で手を合わせたら、嬉しい報告をたくさんするのだ。幸せに生きていると、しっかり伝えるのだ。

そう強く信じられるようになったからか、自分の中の祖母が光に包まれるのが見えた。

というより、頭の中のヴィジョンが光で満たされた。

「お祖母様は、まだ心配しているようだな。だが、あなたを大切に思うもうひとつの存在が来てくれた」

「え……？」

経を唱えるのはひどく力を消耗するのか、津々良は汗をにじませ、苦しそうにしていた。そうして伝えてもらったのに、紗雪は何のことかすぐにわからなかった。

「大切にしていた犬がいただろう？」

「え……ナナちゃん？」

「そうだ。あの子も、渡瀬さんを必死に守っていたんだ。あの子は生きている間、お祖母様のあなたへの影響が最小限になるよう懸命に抑えていたんだ」

「だから、ナナちゃんが死んじゃってから大変なことが次々と……私のせいでナナちゃんが……」

ナナにも守られていたことがわかって、閉じている目から涙が溢れた。守ってくれていて、そのせいで命を縮めさせてしまったことを理解すると、どうしようもなく苦しくなった。

「泣くんじゃない。あの子がやりたくてやったことだ。あなたのことが大好きで、だから守りたくて、自分で決めてやったことだ。それに対して抱くべきことは申し訳なさやかわいそうとかいうことじゃなく、感謝の気持ちであるべきだろう。——ありがとうと思うのなら、呼んでやれ。あの子のことも、安心させてやらなければ」

「……はい」

津々良に言われて、紗雪は涙を拭いた。泣いている場合ではない。泣かずに、きちんと伝えてやらなくてはならない。

「……ナナちゃん」

紗雪が呼ぶと、頭の中に浮かぶ光のヴィジョンの中から犬が走ってくるのが見えた。クリーム色の、雑種の中型犬だ。目がまんまるで、口元はいつも笑みを浮かべているみたいで、ご機嫌で可愛い紗雪の妹分。

ナナは紗雪に呼ばれたのが嬉しいというようにスキップするみたいに駆けてきて、「ウォンッ」と吠えた。女の子なのにやたら低いその声を聞いて、本当にナナなのだとわかった。

「ナナちゃん、守ってくれていて、ありがとう。ずっと心配してくれて、ありがとう。

私は、もう大丈夫だから……ちゃんとひとりで頑張れるから、もう平気だよ。おばあちゃんと一緒に、向こうで待っててね。……大好きだよ」

紗雪が言うのを、ナナはお行儀よく聞いていた。それから「ウォンッ」とひと吠えすると、そばに誰かいるみたいに見上げて、尻尾をパタパタと振った。そして、鼻先をクイックイッと振って「行こうよ」と促す。散歩に行きたいときに、やっていた仕草だ。

それを見ていたのか、誰かの手がそっとナナに伸ばされ、その頭を撫でた。祖母の手だ。

光の中で、祖母が振り返るのがうっすらとわかった。手を振って、祖母は歩きだした。その隣を、ナナも歩きだす。

「……おばあちゃん、ナナちゃん、ありがとう……!」

紗雪が叫んでも、ふたりは振り返らなかった。やがて頭の中のヴィジョンは真っ白になり、何も見えなくなった。

「終わったな……よくやった」

目を開けると、疲れた顔の津々良が見つめていた。これまで見たことがないほどの笑顔で、彼が本当に紗雪を褒めてくれているのがわかる。言葉は少ないものの、その顔が何より物語っている。

褒められて嬉しくなって、紗雪はやっとすべてが終わったのだと理解した。

周囲に不幸を撒き散らしてしまう恐怖からも、ここで津々良の世話になっての暮らしも、終わりなのだ。

「……津々良さん、ありがとうございました。何から何まで、お世話になりました」

紗雪はまた溢れそうになる涙を堪えて、改めて頭を下げた。だが、その頭をガシッと摑んで顔を上げさせられた。

「それで、職探しはどうなってるんだ？　うまくいっているのか？　ん？」

顔を上げると、次は頰を思いきりつままれた。自分でもこんなに伸びるのかと思うほど、紗雪の頰はよく伸びた。

そんなことよりも、眼前に美しい顔があることが問題だった。涙でぐちゃぐちゃの顔を見られたくないと、紗雪は慌てて顔を背けた。

「う、うまくいってません……それでとりあえず、派遣会社に登録するところから始めようかと考えてました」

「ふーん。なぜそんな状態で噓をついた？　私は渡瀬さんの恩人だと思っているんだが、違うのか？　あなたは恩人に噓をつくのか？」

「……すみませんでした」

言われてみれば全くそのとおりで、何も言い返すことはできなかった。恩人に対してひどく失礼なことをしたと、改めて実感している。

紗雪がきちんと反省しているとわかったからか、津々良は頬をつまむ手を離した。

「事務の仕事ならあるが、どうする?」

「え? それって、仕事を紹介してくれるってことですか?」

唐突な津々良の申し出に、紗雪は戸惑った。彼の口から仕事を紹介すると言われるなどと思わなかったし、この話の流れでこんなことになるとは予想していなかった。

「そうだ。帳簿をつけたり、書類を片付けたり、お茶を淹れたりするのが仕事だな。運転免許があるとなおいいが」

「全部できます。あと、車も運転できます」

「うってつけだな。少々給料は安いが、住むところと食べるものには困らない生活だ。働く気はあるか?」

「社宅? それとも寮ですか? 今どき、そんな勤め先があるんですか?」

仕事があるならぜひとも働きたいと前のめりになった紗雪を見て、津々良はなぜかニヤリとした。

「この条件で構わないというのなら、ここで働いたらいい。居候ではなく、うちで雇われるんだ」

「え……あ、そういう意味だったんですか！」

出された条件と笑われた意味がわかって、紗雪は混乱した。だが、その混乱が落ち着く頃には、じわじわと嬉しい気持ちが沸き上がってくる。

出ていかなければならないと思っていたのに、ここにいていいと言われたのだ。しかも、居候ではなく働く人間として。それは何よりも嬉しくて、ありがたいことだった。

「……いいんですか？」

「いいから言っている。正直、渡瀬さんが来てくれて助かっていることが多かったからな。目のこともあるが、依頼者の相談に乗りながら茶を出すのも、依頼の札を書く合間に事務処理に追われるのも、実は大変なんだ。だから、働いてくれると助かるわけだが」

親切心だろうか、同情だろうか。津々良の動機が気になったが、少し悩んで考えるのをやめにした。

紗雪にとっては、彼の動機がなんであれ、助かったことに変わりはないのだから。

仕事をしなければならない。津々良のそばにいたい。引き受ければ、そのふたつが同時に叶うのだ。断る理由が、見当たらなかった。

「ありがとうございます。よろしくお願いします」

　祖母のことが片付いた数日後、紗雪は市立図書館から大量の資料を持ち帰っていた。問い合わせをして見つけてもらったもののほとんどが貸し出しのできない扱いで、そのため必要な箇所を抜粋してコピーを取らせてもらった。

　図書館で調べたのは、あの洪水被害のことについてだ。どのくらいの規模の災害で、どれだけの人が亡くなったのか。その後どのような供養がなされたのか。――まず知ることが石のためにできることだと思い、起こした行動だった。

「あの、津々良さん。今から出かけてくるので、もしかしたら今日は帰りが遅くなるかもしれません。ご無理でなければ、一緒に行ってもらいたいんですけど」

　図書館から津々良邸へ帰宅した紗雪は、手持ちの服の中でもっともきちんとして見える服装に身を包んで、津々良のいる離れを訪れていた。

　札を書く手を止めて顔を上げた津々良は、紗雪を怪訝そうに見る。

「どこに行くんだ？　朝の服装からわざわざ着替えて。ちゃんとした格好だな」

「……いつもちゃんとしてないみたいに言わないでください。お寺に行くんです。あの石を引き受けていただける適切な場所が、見つかったんです」

「何かわかったのか？」

　津々良は、石をしまってあると思しき木箱を取り出した。影響が出ないようにだろうか、木箱の蓋には札で封がしてある。

「図書館でいろいろ調べたところ、あるお寺があの洪水の被害にあった方のご供養をしていることがわかったんです。それで連絡してみたら、石も引き取っていただけることになって」

「それなら、車を出そうか？」

「いえ。歩いていけるところなので。実はそのお寺って、津々良さんのところへ行くよう助言してくださったところなんです」

「……そんな偶然があるのか」

離れを出て廊下を歩きだした津々良は珍しく本気で驚いた顔をしているが、紗雪もこの事実がわかったとき、かなりびっくりしたのだ。だが、不思議な縁のようなものに導かれたのだなとも感じていた。

「そうか……あの寺か。ということは、もう事情は話しているんだな」

「はい。名乗ったら覚えてくださっていたので、私が石について調べることになった経緯も、疑似体験したことも、すべてお話ししました」

紗雪から話を聞いた寺の人は、疑うことも否定することもなくきちんと受け止めてくれた。そして、すぐにでも来るよう言ってくれたのだ。

「箱、私が持ちます。私が連れていってあげたいんです」

「わかった」

津々良から木箱を受け取った紗雪は、それを持って玄関を出た。なんとなく、ここから連れていくのは自分の役目のような気がしている。洪水の被害に遭った人たちの苦しみを擬似的にとはいえ体験して、他人事には思えなくなっているから。

津々良邸から寺への道のりは、紗雪が初めてここへやってきたときの道のりを逆を辿ることになる。寺の人に勧められなければ津々良と出会うこともなく、津々良に救ってもらえなければ、こうしてこの道のりを再び歩くことはなかったのだ。

そう考えると、すべてに無駄なことはなく、紗雪が泣き石に関わることになったのすら、必然めいたものを感じる。

「お寺から津々良さんの家に行くの、すごく遠くて迷子になるんじゃないかって思ったんですよ」

「遠くはないと、今ならわかるだろう？」

「はい。あのときはただでさえ不安で、その上、知らない町を歩くのが怖かったんだなって今はわかってます」

歩きながら、そんな何気ない話をしているうちに寺が近づいてきていた。

本堂と同じ敷地に建つ家のインターホンを鳴らして用向きを伝えると、すぐに住職が出てきてくれた。住職は、並んで立つ紗雪と津々良を見て、何かに納得したように何度も頷いた。

「津々良さんのところへ行って、落ち着かれたんですね。よかったです」

「おかげさまで……あの、電話で話したものを持ってきました」

住職の穏やかな笑みが意味深なものに思えて、紗雪は照れてしまった。その照れを隠すために、ここまで持ってきた箱を捧げ持つように差し出す。

「はい。確かに受け取りました。こちらで責任を持って、ご供養いたしますので」

「ご供養って、どんなことをするんですか？」

「拝むんです。何日も何日も。災害に遭われた方が御仏《みほとけ》に導かれますようにと。たまにこんなふうに持ち込まれるものはそうしてご供養していますし、年に一度、あの洪水のあった日には現地でお経をあげているんですよ」

「そうなんですね……」

住職が恭《うやうや》しく丁寧に箱を受け取るのを見てほっとする一方で、なんとなく物足りなさのようなものを感じていた。この住職とのやりとりが、自分が味わったあの圧倒的な恐怖や悲しみの追体験に釣り合わないような、そんな気分だ。

「それでは、頼みました。また何かあればご連絡ください。ほら、行くぞ」

「は、はい」

まだ何か話を聞けないだろうかと思っていた紗雪を引っ張って、津々良は住職宅を出た。

「ここへ来れば、もっと劇的な体験ができるんじゃないかと思っていたのだろう？」

「そ、それは……」

もと来た道を帰りながら、津々良が少し呆れたように聞いてきた。図星をつかれ、紗雪は口ごもる。

「前にも話したが、本来拝み屋やそれに類する仕事というのは、地味なものなんだ。拝むこと、供養することは日常と地続きだからな。イベントではないし、それゆえにずっと続いていくものだ」

「そう、なんですね……」

「もし、渡瀬さんが被害に遭われた方のことが気になるというのなら、これから日常的に彼らのために手を合わせてやればいい。現地の川へ足を運んで、そこで拝むのでもいい。劇的ではないが、関わり方も悼み方もいろいろあるのだから」

「わかりました」

　津々良が今、拝み屋としての心構えを話しているのがわかって、紗雪は心持ち背筋を正した。

　紗雪はここに来るまで、心のどこかでこの件が映画のクライマックスのような、わかりやすいエンディングを迎えることを期待していたのだと自覚させられた。

　被害にあった人々に救われてほしいという気持ちは本当だが、その救いがわかりやすく胸を打つものであってほしいと思っていたのも事実だ。

　苦しんだぶん、彼らには劇的な救済が訪れてほしいと願っていたのだ。

　だが、彼らの救済を望むのなら、日常的に長い時間をかけて向き合う必要があるのだと、津々良は紗雪に教えたかったのだろう。

「お寺に預けて、それで終わりではないんですね。供養は、ずっと続いていくんですね」

　わかったことを紗雪がしみじみと呟くと、津々良は満足そうに頷いた。

「それがわかったのなら、まず第一歩だな」

　人間としての第一歩なのか、拝み屋助手としての第一歩なのか、それはわからなかったが、津々良に認められたのが嬉しくて、紗雪は誇らしい気持ちで津々良邸までの道のりを歩いた。

「一応は解決したということで、お祝いに今夜はおいしいお酒でも飲みませんか？」

嬉しくなって、紗雪はそんなことを提案してみた。津々良と一緒に何かしたいと思っての提案だったのだが、隣を歩く津々良は難しい顔をしていた。

「……前にも、下戸だと言っただろう。私は酒が飲めないんだ」

恥ずかしそうに、苦々しい顔をして津々良は言う。そういえば以前、雛祭りのご馳走のときに酒を勧めてみたのだが、そのときも同じ理由で断られたのだった。適当な言い訳かと思っていたのだが、この様子を見るとどうやらそうではないらしい。

「本当に飲めないんですか？　その顔で？」

「どういう意味だ。失礼だな」

「いや、あの……そんな完璧な容姿でも、苦手なことがあるんだなって意外で」

「私だって人間だ。苦手なことくらいある」

「そうですね」

津々良の意外な一面を知ることができて、紗雪はさらに嬉しくなって笑った。

きれいな顔で、頼りがいがあってクールに見えるが、猫を可愛がっていて甘い卵焼きが好きでお酒が飲めないこの人が、紗雪は好きなのだ。そのことを改めて実感した。

＊　＊　＊

桜の花がほころび始めたよく晴れた日に、紗雪は車の助手席に乗り込んでいた。

後ろの座席には、キャリーバッグに入れられた夜船、そして運転席には津々良がいる。

津々良は目の色素が薄いため紫外線に弱いのか、今日はサングラスをかけている。ティアドロップ型のレトロな雰囲気のサングラスは整った顔によく似合っていて、まるで映画から飛び出してきたようだ。和服にサングラスという出で立ちでも違和感がないのは、やはりこの圧倒的美貌のなせる業だろう。

助手席に乗ってすぐも、車が走り出してからも、紗雪はずっと緊張していた。津々良の隣に座っているというのも、彼の運転する車に乗っているというのも、非日常だと強く感じてしまうのだ。

「何だ？　私の運転が不安か？」

「い、いいえ。違います」

ついじっと見ていたからか、津々良が怪訝そうにした。見惚れていたとは言えず、紗雪は慌てて否定する。そして、気づかれる前に話題を変えようとした。

「あの、今日はありがとうございます。おばあちゃんと、ナナちゃんのお墓参りに行こうと言ってくださって」

「遅くなってしまったが、行くべきだからな」

「遅く……はないですけど。でも、祖母の霊を送ってから気がついたら時間があっという間に過ぎてましたね。もう春ですもんね」

津々良のもとに正式に雇ってもらうということで、必要なことをあれこれやっているうちに時間は慌ただしく過ぎていた。

本当ならもっと早くに墓参りに行きたかったのだが、依頼もあったし、今日までなかなか動くことができなかったのだ。

それに、行くなら自分も一緒にと津々良が言いだしたため、ふたり揃っての遠出となるとさらに機会をうかがわなければならなかった。

「ついてきてくださって、ありがとうございます。自分だけで運転だと、少し不安だったので」

「私も、あなたのお祖母様に改めてご挨拶をしておかねばならないし」

「おばあちゃんに挨拶って、あの……」

どういう意味ですかとは、ストレートに聞くことができなかった。

祖母のことが無事に片付き、津々良のもとにいられるようになったのはいいものの、紗雪としては腑に落ちないことがあった。

それは、津々良の態度の変化だ。素っ気なくされていたと思ったのに、今ではまた打ち解けた様子なのは、不思議でならなかった。

その上、紗雪の祖母の墓参りに行って挨拶をしなければならないなんて意味深すぎる発言だ。当然、嫌ではないのだが。

「あなたのお祖母様は、私に対してひどく怒っているからな。私のそばにいるせいで、渡瀬さんが不幸になると考えているようで……川の石のときは、かなり私を悪者だと思ったようで、怒りの向けられようが恐ろしかった。まあ、孫が私のせいで擬似的にでも溺死の危機に遭えば怒るのももっともだが……」

「え？　おばあちゃん、津々良さんに怒ってるんですか？」

「ああ、怒っている。孫に悪さをする人間はみんな懲らしめるという勢いだから、当然私も懲らしめられるわけだな。おまけに、あなたの目を見えるようにしたのも私だから、お祖母様にとって私は邪魔者でしかなかったというわけだ。他の人たちのように怪我をさせられるということはなかったが、お祖母様を抑えるためにずいぶん消耗させられた」

「……そういうことだったんですね。津々良さんのところに来てから、急にまた見えるようになったとは思ってたんですけど。あの、おばあちゃんがすみません……」

避けられていたのは自分の気持ちが伝わってしまったからではないのだとわかって、紗雪はほっとした。好きと自覚した途端に避けられたから、相当に堪えていたのだ。

だが、安堵したのも束の間。

運転席の津々良が、困ったような、苦笑いのような、そんな表情を浮かべていた。

「渡瀬さんに冷たくしてしまっていたのは……若いお嬢さんに好意を向けられて、戸惑っていたというのもあるな」

「え……」

気づかれていたということと、それを改めて話題にされたということで、紗雪は混乱した。だが、その混乱が落ち着くと今度は恥ずかしさが沸き上がってきて、ここが車の助手席でないのなら逃げ出してしまいたいほどだ。

「気がつかないわけがないだろう？　向けられる好意に気がつかないほど若くもなければ老いてもいないからな」

「……いえ、あの……忘れてください。というか、そこは大人なら流していただけたら……」

女性に好意を向けられることなど、おそらく日常茶飯事だろう。そのありふれたもののひとつをこんなふうに取り出して、本人の前で話題にしてくれるなと紗雪は思った。

しかも、これっきりの関係ではなく、今後も仕事のために日々顔を合わせるのだから。

「忘れろとか流せとか、ずいぶんな物言いだな。私だって純粋な好意なんてものを向けられたのなんて久しぶりで、どうするべきかわからなかったんだ。家とか立場とか能力とか、そんなものに目が眩《くら》んだ者にまとわりつかれても嬉しくないが、そんなこと関係なしに自分を見つめてくれる目というのは、嬉しいものだからな」

恥ずかしがる紗雪に、津々良は優しい表情を浮かべた。運転中だから視線は前を向いているが、関心は、気配は、紗雪に向けられているのがわかる。

眉と眉の間を開いた、柔らかな表情だ。ただ好意を向けただけでこんなに優しい顔をさせることができるなんて、この人は意外にこういったことに不慣れなのかと気になってくる。

「……津々良さんのことを好きな人は、これまでいなかったってことですか？」

「そうだな。みんな、私が『津々良尊』だから好意を向けてくるだけだ」

そう言った津々良の顔には、少し寂しげな表情が浮かんだ。楓という女性の前で、津々良の姓を名乗ることすら嫌だと言ったことに関係があるのだろうか。

「たとえばの話、あなたは明日私が突然拝み屋の仕事ができない、何も聞こえない何も感じない、いわゆる普通の人間になったとしても、好意がなくなることはないだろう?」

ぴんと来ていない紗雪に、津々良はわかりやすく説明してくれようとしている。だから紗雪も、彼が〝普通の人〟になった想像をしてみた。

「……ない、ですね。心配はしますけど。今まで見えて聞こえて感じていたものがなくなるのは、きっと怖いことだから」

「やはりあなたは、そう言ってくれるんだな。だが、この前押しかけてきた楓のような者は、私に失望するだろうし、興味をなくすだろうな。……その程度の感情を、好意と呼べるか?　そんなもの、向けられるだけ不快だというのは、理解できるな?」

「……はい」

「もう祓い屋としてやっていけないとなったときに、離れていった者もずいぶんいた。だが、こんなふうになっても私がまだ津々良家の人間であるとか、様々な繋がりがあるとかいった部分を期待して、そばにいたがる輩もいるからな。簡単に言えば、コネ狙いだ。私の妻になれば自分に、自分の経歴に、箔がつくと考える者がまだまだいるということだ」

車を走らせながら淡々と語る津々良の言葉に、紗雪は持つべき者の悲哀みたいなものを感じていた。

　お金も力も、持つと人を孤独にしてしまうのかもしれない。他人から羨まれるものを持ったことがないから想像するしかないが、周囲の人間が自分に本当の意味で興味がないと感じたら、それはきっと寂しいことだろう。

　紗雪は、自分は違うと自信を持って思うことができた。紗雪が津々良に好意を寄せるのは、彼が紗雪を認めてくれたからだ。そこに彼の能力も家柄も関係ない。

「渡瀬さんからまっすぐな感情を向けられて戸惑ったのもあるが、きちんと受け止められなかったのは、長生きできる自信がないというのもあったんだ」

「え……？」

　高速を降りて一般道に入ったところで、津々良がぽつりと言った。

　朝から高速道路を走って、ずいぶんな距離を移動してきたが、間もなく目的地である霊園に着く。そのあとさらに人里を離れ山に向かって走れば、ペット用の霊園にもたどり着く。

　終わった命が眠る場所が近づいてきたことと、津々良の不穏な発言によって、紗雪は少し落ち着かなくなった。

　こんなときにふっと頭をよぎるのは、美人薄命という言葉だ。長生きできる自信がないとこれだけ美しい人が口にすると、それは妙に説得力を持ってしまう気がした。

「それって、楓さんという人が言ってた、寿命が少なくなっていくっていう……」

自分の祖母のせいで貴重な命を削らせてしまったのかと思うと、紗雪は苦しくなった。

そのことは、責められても仕方がないと思っているし、もし本当なら責められたほうがいくらかマシだ。

「別に、今日明日死ぬという話じゃあない」

紗雪が自責の念に駆られているのに気づいたようで、津々良が笑った。隣を見ると、サングラス越しの目と目が合う。津々良がいなくなってしまったらどうしようと思う紗雪に対して、彼の笑顔は優しかった。

「これまで散々祓い屋として自分を酷使して、その挙げ句に力を使えばもういつ死んでもおかしくないと言われているだけだ。祓い屋として怪異と向き合うことがない限り、すぐ死ぬわけじゃない。だが、普通に生きてきた人より体はボロボロだし、不安を抱えているのは間違いないからな。……だから、夜船を拾うときもかなり迷った。自分は大切なものなど持たないほうがいいんじゃないかと、そんなふうに考えていたんだ」

「津々良さん……」

津々良は今、夜船をとても可愛がっている。拾うのをためらったなどと感じさせないほど、当たり前のように一緒にいる。

その迷いが、懐に入れるものを本当に大切にしたいがゆえの迷いだったのだとわかって、紗雪は言い知れぬ感情を抱えていた。

彼の素っ気なさが単なる拒絶ではなかったのだと理解できると、自惚《うぬぼ》れてもいいのかという気すらしてくる。迷った末に、庇護下に置いてもいいと思ってくれたのだ。それなら、紗雪もちゃんとその思いに応えたい。

「……私は、命が、人生が限りあるものなら、大切な人とは一緒にいたいです。限りがあるから、なおさら。そこに、迷いはないです」

津々良が運転中で前を見ているから、紗雪もまっすぐ正面を見たままだ。だが、それでも津々良が驚くのが気配でわかった。そして彼は、おかしくてたまらないというふうに笑った。

「拾われた猫みたいなもののくせに、一端《いっぱし》のことを言うなあ」

「ね、猫!?　まあ、夜船と同じくらい大事にしてもらえるのなら、いいですけど……」

また猫扱いかと一瞬がっかりしたものの、津々良が夜船をどれだけ可愛がっているか思い出して、よしとすることにした。

手もとに置くかどうかで悩んでくれるくらいだ。好意の方向性は違ったとしても、大切にされているのは間違いない。紗雪にも、それはわかるようになった。

そんなことを話している間に、車は目的地に到着した。

駐車場に入って停車してから自分で降りようとすると、少し先に降りた津々良がドアを開けてくれた。

エスコート慣れしていることにドキッとしたが、紗雪には構わず津々良は後部座席の夜船のところへ行ってしまった。紗雪も夜船も、彼にとっては猫とそれに類するものだから仕方がない。せめて先にドアを開けてもらったから、それでよしとせねば。

それに、一緒にいれば猫的ポジションからランクアップすることもあるかもしれない。

そう考えて、紗雪はひそかにやる気になった。

「とりあえず、その目のことも含めて大事に面倒を見ますと、あなたのお祖母様には報告しなくてはな」

夜船の入ったキャリーを肩から下げた津々良が言った。和服にサングラスをかけた美貌の男が、猫を大事にしながらそんなことを言うのだ。

おまけに、霊園には桜の木が植えられていて、五分咲きではあるものの花を咲かせている。美貌の和服男性と桜——これがもっと別のシチュエーションだったら、すごくキュンとしただろうにと思うと少し残念だ。

だが、今はそれでいい。津々良が面倒を見てくれると言うのなら。大事にしてくれると言うのなら。

隣に立つことを許されたのだ。向けた好意を拒絶されなかったのだ。それなら、今はそれで満足だ。

津々良は、身内以外で紗雪のことを軽んじず甘やかさず、初めてきちんと受け止めてくれた人だ。そういう人を好きになったということは、紗雪にとっても誰かをきちんと好きになるのが初めてということだろう。

そんな人と出会えただけで、好きになれただけで、それはきっと、何にも代えがたいものに違いない。

——私、拝み屋の助手として頑張るからね。

祖母の墓前でそう宣言しようと、紗雪は津々良の隣を歩きながら心に決めた。

あとがき

今作が初めてという方ははじめまして、『こんこん、いなり不動産』シリーズから追ってくださっている方はお久しぶりです。今回またご縁をいただきまして、拝み屋さんのお話をお届けすることができました。

私はもともと妖怪だけでなく都市伝説や怪談などの怖い話が好きで、幼い頃から親しんできました。そして自分の中ではキャラ文芸とホラーというのは非常に相性がいいのではと感じていて、どこかで書けたらいいなと考えていたときにちょうどお声がけいただいたので、すかさずこの拝み屋さんのプロットを送ったのでした。

キャラ文芸の読者さんに喜んでいただけるのはどのくらいまでの怖さなのか、というのが難しかったですが、主人公紗雪の成長物語と考えたとき、ライトホラーちっくな今の形に物語が落ち着きました。紗雪は非常に幼く未熟でまだまだなところがたくさんなので、今後彼女が津々良との関係や怪異との関わりを通じてどのように成長していくのか、みなさまに見守っていただく機会があればと思います。

この原稿を書いていたのがちょうど二月頃で、いつもなら私生活の忙しさと寒さで筆の進みが遅くなるのですが、今回は某二・五次元ミュージカルと某格闘ゲームに支えられて快調に書き進めることができました。心が疲れたらミュージカルを見て「顔がいい」と呟き、心が荒んだらオンラインで様々な人と対戦して発散しておりました。ツイッターで読者さんや仲良しさんに構っていただけたのもかなり励みになりました。

今作をお届けするにあたって、編集の山田さんと須川さんには本当にお世話になりました。麗しい表紙を描いてくださった双葉はづき先生にも、大変感謝しております。いただいたラフが、改稿やゲラ作業の心の支えでした。愚痴や相談に乗ってくれた家族や友人も、ありがとうございました。

そして、今作を手に取ってくださった読者の皆様にも多大なる感謝を。またどこかでご縁があるように、応援していただければと思います。

二〇二〇年三月　猫屋ちゃき　拝

この物語はフィクションです。
実在の人物、団体等とは一切関係がありません。
本作は、書き下ろしです。

猫屋ちゃき先生へのファンレターの宛先

〒101-0003　東京都千代田区一ツ橋2-6-3　一ツ橋ビル2F
マイナビ出版　ファン文庫編集部
「猫屋ちゃき先生」係

拝み屋つづら怪奇録

2020年5月20日　初版第1刷発行

著　者　猫屋ちゃき
発行者　滝口直樹
編　集　山田香織（株式会社マイナビ出版）、須川奈津江
発行所　株式会社マイナビ出版
〒101-0003　東京都千代田区一ツ橋2丁目6番3号　一ツ橋ビル2F
TEL　0480-38-6872（注文専用ダイヤル）
TEL　03-3556-2731（販売部）
TEL　03-3556-2735（編集部）
URL　https://book.mynavi.jp/

イラスト　双葉はづき
装　幀　中澤千尋＋ベイブリッジ・スタジオ
フォーマット　ベイブリッジ・スタジオ
ＤＴＰ　富宗治
校　正　株式会社鷗来堂
印刷・製本　図書印刷株式会社

ぬいぐるみ専門医　綿貫透のゆるふわカルテ

著者／内田裕基
イラスト／おかざきおか

ぬいぐるみはたくさんの愛を受けて
大事にされるべき存在なんです。

おっとりな院長の透と幼馴染で刑事の秋が
ぬいぐるみだけではなく持ち主の心や絆も
修復していく――。